해보길 잘했네

MordernBooks

해보길 잘했네

발　행 | 2023년 05월 30일
저　자 | 김명중, 아낌, 은미, 이상미, 전선민, 졔리, 차준영, 평화, 연호
펴낸이 | 박강산
펴낸곳 | 모던북스
출판사등록 | 2022.10.27.(제2022-144호)
주　소 | 서울특별시 종로구 명륜 2길
연락처 | 0507-1357-4309

ISBN | 979-11-983298-0-6

http://www.instagram.com/modernbooks_official

들어가며

<해보길 잘했네>는 모던북스의 작가가 되는 시간을 통해 발굴한 재능과 통찰력을 갖춘 9명의 신인 소설가들의 작품으로 이루어져 있습니다.

이 단편집에는 짧은 여정을 통해 어린시절의 유대감을 되찾으며 여운을 자아낸 작품(「휴게소 관광」), 때때로 실패와 아픔 그 자체가 성장이라는 점을 상기시켜주는 (「패킹」)이 있습니다.
또한 반장 선거라는 일상적 소재를 기반으로 아홉 살 화자의 성장을 포착한 (「아홉수」), 아이가 기다림의 가치를 깨우쳐 가는 과정을 소설로 형상화한 (「묘목」), SF적 상상력이 작품의 주요 기반이 되지만 오히려 가장 현실적인 삶의 의지를 자아내고 있는 (「그럼에도 불구하고」), 가족과의 이별 과정에서 마주하게 되는 한 인물의 감정곡선을 생생하게 포착한 (「소멸을 마주하는 사람들」), 옛 연인과의 템플스테이를 통해 지나온 시간의 가치를 되새기는 (「상실 다반사」), 그리고 우연한 만남을 계기로 마음을 나눌 수 있는 존재의 소중함을 깨닫게 되는 (「기쁨의 환호」), 그리고 부모님의 연애 시절 이야기를 생동감 있게 전달하며 감동과 웃음을 자아내는 (「일기장」)이 수록되어 있습니다.

차   례

휴게소 관광

김명중

인천공항에서 만난 수연은 고속도로휴게소에 가자고 말했다. 나는 왜, 라고 묻는 것이 공격적으로 느껴져 그래, 하고 말았다. 나와 두 살 차이인 수연은 내 기억보다 활달했고 키가 컸다. 나보다 십 센티미터는 더 큰 것 같은 수연은 길게 내려오는 머리를 대충 묶어놓은 상태였다. 내 기억과 달라진 그녀는 무언가 적응하기 어려운 인상을 주었나. 나는 수연을 데리고 가 아빠 차에 태웠다. 아빠는 내 운전실력을 믿지 못해 한 번도 빌려준 적이 없었는데, 엄마가 차키를 뺏다시피 해 내게 쥐여준 것이다. 공항에 가며 확인했을 때는 삼십만 원도 들어와 있었다. 많다고 하기도 적다고 하기도 애

매한 금액이었다. 엄마는 수연을 신경 썼지만, 보고 싶어 할 정도
는 아닌 듯했다. 나는 그보다 멀었고, 엄마에게는 딱 그 정도의 거
리라고 생각했다.

어릴 때 둘이 친했잖아. 같이 재밌게 놀고.

재밌던 날은 많지 않았던 것 같은데. 나는 엄마가 어떤 장면을
기억하는지 묻지 않았다. 내가 열 살 때 외숙모와 떠난 수연은 한
번도 한국에 오지 않았다. 연락하며 지낸 것도 아니었지만 그저 엄
마의 불편한 마음을 조금 달래는 역할을 하고자 수연을 만났다. 수
연도 내 부모의 안부를 묻진 않았다. 대신 수연은 한국인스러운 한
국어를 구사했다. 수연은 한국인이지만 한국인이라 말하기 어려웠
다. 그래도 미국에서 십 년 넘게 살았는데 저렇게 한국어를 잘할
수가 있나. 수연은 말 그대로 질문을 쏟아부었다. 그러나 어떻게
지냈냐, 무얼 하며 지내냐, 같은 질문은 내게 어려운 질문이었기에
대충 얼버무릴 수밖에 없었다. 나는 설명할 것이 없는 삶에서 굳이
무언가를 빚어내어 말하고 싶은 마음이 없었다. 수연의 억양이나
발음은 물론이고 쓰는 단어나 만드는 문장이나 쭉 한국에서 산 사
람같이 보였다. 평생 한국에서 산 나보다 더 잘할지도 모른다는 생
각이 들었다. 한때 언어 영재일지 모른다는 기대감을 품는 부모가
있던 나는, 스물을 기점으로 언어 능력이 퇴화했다. 단순하고 자극
적인 단어들이 머릿속을 채웠고 그건 암세포처럼 제 자리를 키워
나갔다. 어, 라는 말이 없으면 문장을 시작할 수 없었고, 문장을 끝
맺지 못해 죄송하다는 말로 끝맺는 일이 빈번했다. 엄마는 이따금
내가 어릴 때 언어 영재였다고 말했지만 현재 상태에 대해서는 말

을 아꼈다. 여전히 근거 없는 기대가 있기에 그럴지도 모르는 일이었다. 그에 비해 수연은 깔끔한 문장을 만들어냈다. 깔끔한 문장으로 내 현재를 묻는 그녀가 거북스러웠다.

나는 화제를 돌리려 수연에게 질문했다.

어, 숙소는 서울 어디야?

북촌한옥마을에 잡았어.

그녀는 처음 겪는 것들을 하러 왔다고 했다. 한옥도 제대로 본 적이 없어 한옥마을에 숙소를 잡았다고 했다.

그럼 휴게소도 안 가본 거야?

응. 서울을 크게 벗어난 적이 없거든.

아무리 그래도 여덟 살까지 한국에 살았는데. 그럴 수가 있나. 외숙모나 죽은 외삼촌이 어떤 사람이었는지 떠올려보려 했지만 별 말을 나눈 기억이 없었다.

언니, 우리 옛날에 어떻게 지냈는지 기억해?

그냥 명절이나 그럴 때 같이 놀고 그랬지 않나.

그랬던 것 같은데, 사실은 제대로 기억이 안 나.

수연은 어릴 때의 기억이 흐릿하다고 했다. 정확히는 아빠가 죽고 난 이전의 기억이 가물가물하다고. 버스를 타고 공항으로 가던 길과 공항이 어렴풋이 기억에 남았고, 자다 깨던 하늘에서의 시간이 조금, 미국에 도착해서야 흐릿한 시야가 선명해지듯 기억이 선명해졌다고 한다. 그래서 죽은 아빠에 대해 그다지 슬프지도 않다고 말했다. 그런 수연이 왜 갑자기 한국에 와서 나를 만나, 고속도로휴게소에 가는지 이해되지 않았다. 어쩌면 눈앞에 있는 활달한 수연이, 진짜 수연이 아니라고 의심하는 게 합리적일지도 몰랐다. 내가 기억하는 수연은 잘 우는 아이였다. 그녀를 마지막으로 봤던 외삼촌의 장례식장에서도 수연은 계속 울기만 했다. 죽음을 이해할 수 있는 나이라 생각했건만 아빠의 장례식에서 아빠를 찾으며 우는 그녀가 신기했다. 외숙모는 수연 외에도 신경 쓸 것이 많았다. 외숙모는 묵묵히 이곳저곳을 돌아다녔고 수연은 내내 울기만 했다. 조문객들이 수연의 울음을 그치게 하려다 실패했고 곧 그녀는 방치되었다.

수연이랑 음료수 사 먹고 올래?

엄마는, 내게 오백 원짜리 두 개를 쥐여주며 말했다. 나는 그 돈을 주먹에 꼭 쥐고 수연에게 갔다. 한 손으로는 돈을 쥐고 남은 한 손으로 수연의 손을 잡았다. 울며 내 손을 잡은 수연은 얌전히 신발을 신고 나를 따라왔다. 울 줄은 알았지만 떼쓸 줄은 모르는 아이였다. 장례식장에서 우는 여덟 살짜리 아이와 그 손을 잡은 열 살짜리 아이에게 관심을 가지는 이는 없었다. 나는 수연에게 어떤 음료수를 먹을지 물어봤고 수연은 여전히 울기만 했다. 나는 음료수 자판기 대신 옆 커피 자판기로 갔다. 그러고는 믹스커피를 한 잔 뽑았다.

너 커피 마셔봤어?

수연이 커피가 든 종이컵을 쳐다봤다. 나도 마셔보지 못한 커피였다. 수연의 울음이 조금 잦아들자 나는 더 관심을 끌기로 했다.

커피 어른들만 마시는 거 알지?

수연은 고개를 끄덕였다.

너도 마실래?

수연은 다시 고개를 끄덕였다.

그러면 어른처럼 굴어야 해. 알았지?

수연은 커피를 받아 들고 작은 입으로 호 불어서 마셨다.

아빠의 장례식에서 잠들지 않는 아이에게 관심을 가지는 이가 없길 바랐던 날이었다.

숙소가 있는 골목까지 차가 들어갈 수 없어 한참 아래에 차를 세웠다. 같이 짐을 들고 숙소에 짐을 놓았다. 생각해 보니 나도 한옥에서 머문 적이 없었다. 나는 잠시 바닥에 앉아 바닥을 쓸었고 몸을 지지고 싶어졌다. 그러나 수연은 지금 가야 한다며 나를 재촉했다.

동선이 영 마음에 들지 않았다. 인천공항에서 북촌으로, 북촌에서 경부고속도로 하행이라니. 내 목표는 삼십만 원을 최대한 쓰지 않는 것이었다. 못해도 이십만 원 정도는 내가 가질 수 있을 것이라 생각했다. 더군다나 기름값으로는 절대 쓰고 싶지 않았다. 군이 부산 방향으로 가고 싶다는 수연 때문에 가장 가까운 서울만남의 광장 휴게소로 길을 찍었다.

어, 그런데 혹시 몰라서 미리 말하는 건데, 음식도 별로고 신기한 것도 없을걸?

맛있고 신기할지도 모르잖아.

내게는 이제 맛있을 리도 신기할 리도 없는 휴게소였다. 마냥 밝은 수연에게서 불쾌함을 느꼈다. 그러나 그 불쾌함을 내 단어로 정리할 수 없어 그대로 삼킬 뿐이었다.

외숙모는 잘 계셔?

수연은 준비한 듯 바로 말해주었다.

엄마가 나중에 말해주셨는데 너무 힘들어서 조부모님이 계신 미국으로 가야겠다고 하셨어. 혹시 나를 못 데리고 가게 할까 봐 고모 쪽에는 말만 남겨두고 도망치듯 갔대. 오해는 하지 마. 아빠 가족이 나쁘다는 게 아니라 엄마가 힘든 상태여서 그랬던 거야. 쭉 한인타운에서 지냈어. 솔직히 말하면 영어는 잘 못해. 기억이 없으니까 한국어에 더 집착했나 봐. 그동안 언니랑도 연락하고 싶었는데 엄마가 여전히 무서워하셔. 나까지 잃을까 봐 그런 것 같아. 성인 되고 이제야 허락받아서 한국 왔어. 고모 통해 누나랑 연락한 것도 들키면 큰일 날 걸.

엄마는 외삼촌에게도 엄마였다고 말했다. 부모님이 일찍 돌아가 누나가 아니라 엄마 같은 존재였다고. 조카든, 손녀 같은 존재든, 엄마에게 지금 외숙모 딸은 관심 밖이에요. 외숙모가 앞에 있다면 그런 말을 하고 싶었다.

서울만남의광장에 도착해 갈 즈음, 수연은 조금 더 먼 곳으로 가줄 수 있는지 부탁했다. 기름을 확인하고 그러자고 했다.

언니는 휴게소 많이 갔겠다. 그치?

처음 들어보는 질문이었다. 휴게소는 가려고 가는 곳이 아니라 잠시 들르는 곳인데. 물론 틈틈이 여행을 다니던 가족이 있었기에 휴게소에 많이 가긴 했다. 생각해 보면 휴게소를 꽤 좋아했었다.

휴게소에 도착해 엄마랑 화장실에 다녀오면 먼저 나온 아빠가 기다리고 있었다. 뽕짝 CD 소리를 듣고 강아지 장난감을 보며 음식 코너로 갔다. 엄마는 늘 한 가지 간식만 사주었기에 나는 호두과자를 먹을지 알감자를 먹을지 고민했다. 대부분은 알감자를 먹었다. 감자를 좋아하지 않았지만 이상하게도 휴게소에서 먹는 알감자나 회오리감자는 맛있게 먹었던 것 같다.

언니, 요새는 소떡소떡이라면서. 소떡소떡 먹어보려고. 되게 맛있을 것 같아.

그런 건 또 어떻게 알았는지. 어릴 때 수연은 입이 짧았던 것 같은데. 고기도, 소시지도, 설날 떡국 속 만두도 좋아하지 않았다. 밥이라도 한 숟갈 먹이려 하면 엉엉 우는 수연이었다. 외숙모는 그런 수연 앞에 숟가락을 대고 기다렸다. 그 숟가락이 수연 입에 닿으면 수연은 울면서도 입에 집어넣었다. 아마도 외숙모가 경험과 착오를 통해 깨달은 최적의 방법이었을 것이다. 엄마는 그렇게 하면 체한다며 눈물을 멎게 하고 밥을 먹여야 한다고 말했고 외숙모는 그렇게는 안 된다고 단호히 말했다. 수연은 줄기차게 울어댔다. 먹어도 먹지 않아도 울었다. 외숙모의 단호한 말투에 엄마도 불편한 기색을 드러냈다. 나는 수연을 데리고 밖으로 나와 대문 현관 턱에 앉았다.

수연아, 너는 밥 먹는 게 왜 싫어?

나는 사실 수연이라는 이름을 부르는 것을 좋아했다. 수연은 작고 연약해 보여 내가 어른이 된 것 같은 기분이었다. 수연을 부르며 얘기하는 건 내가 할 수 있는 일이었다. 엄마도, 외숙모도 못

할 일이라고 여겼다. 나보다 아이였던 아이를 어루만질 수 있는 건 나뿐이었다. 어른들은 싸우기만 하잖아. 내 질문을 듣고도 수연은 울기만 했다. 나는 짧은 팔로 수연을 안아주고 다독였다. 그러고 잠시 뒤 수연을 그 자리에 앉혀두고 집으로 들어갔다. 내 서랍 안쪽에 있는 버터쿠키 케이스를 꺼냈다. 쿠키 케이스를 들고 밖으로 나왔을 때도 수연은 울고 있었다. 나는 수연 앞에서 케이스를 흔들었다. 수연이 관심을 생긴 걸 확인한 후 케이스를 열어 그동안 모아둔 사탕을 보여주었다.

괜찮으니까 수연이 다 먹어.

집을 떠날 때, 외숙모는 쿠키 케이스를 수연 몰래 내 방에 두고 나갔다.

어릴 때 기억은 제법 선명한 편이었다. 그런데 언어처럼, 그러나 언어와는 다른 결로 기억도 흐려졌다. 나는 근래의 일들을 기억하기 어려웠다. 무엇을 하기로 했는지, 무엇을 했는지, 무슨 말을 했는지 기억나지 않았다. 엄마는 그런 내 상태에 대해 이야기하길 꺼렸다. 나도 내 상태에 대해 개의치 않았다. 그것은 내가 아무것도 하지 않아도 괜찮다는 방패가 되어주었다. 시간을 보내기만 하는 내게 잔소리하는 이는 없었다. 위협이 느껴지면 나는 더 기억나지 않는 척을 했다. 그러다 보니 점점 기억이 흐려지는 것 같기도 했다.

수연은 휴게소 표지판이 보일 때마다 계속 다음 휴게소를 가자고 말했고 나는 화내지 못했다. 수연은 의자를 눕히고 노래를 듣기도 했고 창문을 열어 손을 뻗기도 했다. 위험하다고 몇 번 말했음에도 답답하다며 손을 뻗었다. 차가 없을 때만 잠깐씩 손을 뻗었지만 한 번은 그러지 못해 뒤에서 경적이 울렸다. 그 소리에 놀란 건 수연이 아닌 나였다. 핸들을 제대로 잡지 못해 가드레일에 들이받을 뻔했다. 겨우 정신을 차린 나는 백 미터쯤 더 가서 갓길에 차를 세웠다. 아빠가 알았다면 내가 부주의했다며 내 탓을 했을 것이다. 수연의 상태를 확인하려 했는데 수연이 갑자기 차에서 내렸다. 수연은 차로 왔던 길을 역행했다. 나는 어떻게 해야 하는지 알지 못했다. 할 줄 아는 것이 없었다. 나는 차 뒤에 서서 지나가는 차들과 수연을 보고 있었다. 한참 뒤로 간 수연은 차도 사이로 들어갔다. 경적이 울렸다.

사탕이 든 쿠키 케이스를 가지러 들어갔을 때, 엄마와 외숙모가 싸우고 있었다. 엄마는 외숙모가 건방지다고 했고, 외숙모는 엄마에게 간섭하지 말라고 말했다. 싸움의 주제는 수연을 지나 외삼촌으로 간 듯했다. 엄마는 외삼촌을 내 동생이라고 했고, 외숙모는 외삼촌을 내 남편이라고 했다. 지금 생각해 보면 나이가 들어 보이는 얼굴이라 시어머니라 생각하면 그렇게 보일 법도 했다. 엄마는 제 나이보다 들어 보이는 얼굴과 손을 자랑스럽게 여겼다. 그것은 엄마가 혼자 동생을 키워 왔다는 증표였다. 나는 그런 엄마에게 안쓰러운 손을 가졌다고 말하지 못했다.

외삼촌의 장례식장에서도 엄마와 외숙모가 싸웠다. 갑작스레 쓰러진 외삼촌을 누가 잡아먹었는지에 대해 말다툼을 하던 것이다. 수연은 잠들지도 않았고 울지도 않았다. 나는 수연을 데리고 커피 자판기로 갔다. 구백 원이 남았으니 아홉 번은 더 사줄 수 있었다. 다행히 그 뒤로는 수연이 울지 않았고 나는 팔백 원을 수연에게 쥐여줬다. 엄마 몰래 커피를 사 먹으라는 말과 함께.

외숙모와 수연이 떠났다는 것을 알게 되었을 때 엄마는 서슴없이 욕을 뱉었다. 내 앞에서 욕을 참는 엄마는 아니었지만 나는 그날 처음으로 엄마가 상스럽다고 느꼈다. 나는 수연을 다시 볼 수 없다는 것을 알았다. 아쉬움보단 엄마가 외숙모와 싸우지 않을 것에 안도했다. 외숙모도 엄마가 없으면 수연과 잘 지낼 것이라 여겼다. 엄마가 화를 낸 건 일주일뿐이었다. 나는 스무 살을 지나며 아무것도 하지 못하는 사람이 되었다. 엄마는 내가 언어 영재였고 과학토론대회 수상 경력이 있으며, 한 과목을 제외하고 1등급을 받았다고 되뇌었다. 엄마는 그렇게 엄마와 나에게 되새겼다. 그럼에도 나는 아무것도 하지 못했다.

멀리서 만족한 듯한 표정의 수연이 돌아왔다. 돌아온 수연의 손에는 무언가가 들려 있었다. 어릴 적 내가 줬던 끈팔찌였다. 한참 울던 수연에게 내 손목에 있던 걸 건네준 것이다.

아까 흘렸어. 자꾸 헐렁해져서 이렇네.

우리는 그 뒤로 별말을 나누지 않았다. 말도 없이 급작스러운 행동을 한 수연 때문은 아니었다. 그 순간 떠올렸던 기억들이 유쾌하지 않았기 때문이었다. 수연은 내 눈치를 봤고 나는 괜찮다고 했다. 그렇게 달리다 멈춘 곳은 금강휴게소였다. 내가 화장실 핑계를 대고 멈춘 곳이었다. 수연도 내 상태를 보면서 여기가 좋겠다고 말했다. 우리는 화장실에 갔다가 그 앞에서 만났다. 휴게소는 조용했다. CD 좌판도, 강아지 장난감도 없었다. 수연은 소떡소떡과 호두과자와 핫도그와 어묵바를 주문했다. 나는 옆 카페에서 아메리카노 한 잔을 주문했다.

커피를 가지고 나오니 수연이 의자에 앉아 음식을 먹고 있었다.

맛있어?

맛있어.

하도 맛있게 먹기에 어묵바를 한 입 먹어보았다. 역시나 맛없었다.

휴게소에는 금강을 볼 수 있는 공간이 있었다. 수연은 다른 기억은 없는데 끈팔찌에 대한 기억은 남아있다고 말했다.

언니가 넘어져서 무릎 까진 채로 울었을 때 있잖아, 고모가 언니한테 뚝 그치라고 엄청 엄하게 혼내더라. 언니가 잘못한 것도 아니고 아픈 상황인데. 그래서 내가 언니 팔에 둘러줬더니 언니가 그만 울더라.

나는 그 끈팔찌를 언제 받았는지 기억나지 않았다. 아홉 살 여름, 수연에게 돌려줬던 것만 기억난다. 수연은 끈팔지를 내 손에 둘러줬다.

언니 다시 줄게. 난 필요 없는데 버릴 수는 없어서 가지고 있었어.

나는 헐렁거리는 끈팔찌가 떨어지지 않게 다른 손으로 감싸 쥐었다. 처음 목표대로 삼십 만원을 최대한 아껴야겠다. 기름은 삼만 원이면 충분하겠네.

서울로 올라가는 차에서 수연은 거의 잠만 잤다. 작게 코골이를 하는 수연은 시끄럽지도, 조용하지도 않았다. 나는 그 정도가 거슬렸다. 그런데도 잠든 수연을 깨울 수 없어 조용히 서울로 올라왔다. 수연을 북촌에 내려주고 나는 집에 도착했다. 정신을 붙들고 운전해서 그런지 기운이 전부 빠져나가는 듯했다. 다행히 집이 비어있어 쓸데없는 질문을 받지 않았다. 차키와 끈팔지를 책상 위에 올려두고 침대로 향했다. 비가 조금씩 오기 시작했다. 크거나 작지 않은, 적당한 정도의 빗소리였다. 신경을 건드리는 소리였다. 눕고 보니 올라오는 길은 전혀 기억나지 않았다. 어떻게 잘 운전했는지도 모르겠다.

수연을 만나고 사 년쯤 지났을 때, 내 상태는 정상적이라 말할 수 있을 만큼 좋아졌다. 나는 정상적이라는 말을 사랑했다. 나를 사회의 궤도 안에 집어넣는 그 말을 자주 사용할 수밖에 없었다. 일도 하고 영어 공부도 시작했다. 엄마는 내가 언어 영재라며 곧 영어를 완벽히 구사할 것이라 말했다. 나는 영어를 꽤 할 수 있게 되었음에도 매일 새로운 단어를 외워 머릿속에 집어넣었다. 단어를 기억하고, 다시 꺼내 사용할 수 있는 데서 오는 쾌감을 알아버렸기 때문이다. 아주 가끔 안부만 전하던 수연에게서 연락이 온 건 그 즈음이었다. 수연은 엄마가 죽었다고 말했다. 그리고 곧 나를 보러 한국에 와도 괜찮겠냐고 물었다. 그래, 수연아.

서랍 가장 안쪽에 넣어둔 끈팔찌를 꺼냈다. 수연에게 전해줘야지. 수연아. 그 이름은 작고 연약해 보였다.

패
킹
Packing

아
낌

어제의 나였다면 엄마한테 이렇게 마지막 편지를 쓰기 위해 펜을 드는 것도, 써 내려가는 것도 겁을 냈을 거야. 저 거실 바닥에 움푹 파인 데에 발을 잘못 디뎌 넘어질 뻔할 때도 매번 화가 났어. 자주 그랬는데도 말이야. 넘어진 게 아니라 넘어질 뻔한 건데, 밝은데서 그걸 왜 못 봤지? 파인 데다 시선을 꽂고 계속 자책해. 왜 모든 일이 불안으로 여겨지는지 모르겠어. 문득 그런 것들이 창피하게 느껴져. 왜 그대로 넘어져서 이마가 깨져버리지 않은 거지? 나는 왜 손 하나도 삐끗하면 안 돼서 조바심을 내지? 좀 그럴 수도 있는 거잖아. 그런 내가 너무 싫어. 엄마 아들 참 후졌네. 이번에 고민 없이 짐을 싸게 된 이유가 그거야.

왜 편지를 쓰지? 엄마는 어차피 읽지도 않을 텐데. 엄마는 긴 글

20   패킹

안 보잖아. 외할아버지 유서도 안 봤어. 받을 게 없다고. 나중에 찾아온 빚쟁이들의 욕과 폭력도 내 뒤에 숨어 피했지. 내가 대신 맞아 피 묻은 손과 퉁퉁 부은 눈으로 할아버지 유서를 찾아 읽어보고 그때 엄마한테 알려줬어. 빚이 많으니 상속 포기부터 하라는 말을. 그제야 알았다는 표정으로 엄마는 울었어. 내가 맞은 게 슬픈 게 아니라 그냥 그걸 몰랐다는 게 화나서. 그땐 그걸 모르고 안쓰러워했지. 재작년엔 리아 이모가 낸 책을 열 권 넘게 샀지만 읽지 않았어. 엄마 절친의 책들은 지금 표지 한번 열리지 못한 채 우리 집 여기저기서 냄비에 받쳐지고, 휘어진 선반이나 가구 밑에 깔려 우리 무게를 대신 짊어지고 있네. 얼마 전 엄마가 할아버지 돌아가신 걸로 힘들어할까 봐 집에 온 리아 이모는 그 모습을 보고 엄마답다며 웃어넘겼지만, 나한테는 중고서점에 빨리 팔아서 권당 오백 원이라도 남기는 편이 낫겠다고 말했어. 그런데도 엄마는 우리한테 그 책을 봤다고 계속 우기더라. 제목도 기억 못… 아니 안 하고 있었으면서. 알코올 중독 엄마가 자살 시도했을 때도 가장 먼저 와준 리아 이모인데도 엄마는 한계를 그냥 당당히 드러내 버리고 더 불쌍한 척하면서 의지할 수 있는지만 찾는 수준, 그 정도였나 봐. 그렇게 엄마는 다른 사람에게 전혀 관심도 공감도 없는데, 리아 이모와 외할아버지와 난 왜 엄마를 걱정하고 매번 그렇게 찾으러 다니면서 인생을 낭비한 건지 모르겠어. 한 번은 '주인공이어야 해서 떠날 때가 있다'고 술에 취해 말한 적이 있는데 기억나? 엄마는 모를 거야. 그때 나 5학년이었어. 그 소리가 무슨 말인지 다음 해가 되어서야 이해했던 것 같아. 우리 담임선생님 결혼식에 반 친구들이랑 갔는데 선생님 옆에 웨딩드레스 입은 신부가 리아 이모인 걸 보고. 충치 같았던 엄마란 존재 자체를 뽑아버리고 편안해져 있는 웨딩 베일 속의 주인공 얼굴. 그때부터 나도 엄마랑 완전한 이별을 꿈꾸게 된 것 같기도 해. 그런 생각들을 하니까 짐 싸는 게 편하더라고. 이모 책 하나쯤은 기억용으로 싸 둬야겠어.

　새아빠는 잘못 지내. 나를 보면 엄마가 보여 화가 난다면서 울먹이는 꼴을 매일 보여주네. 중년이 되어 그런지 매사에 쉽게 감정적이 되는 것도 싫대. 그리고 나에게 늘 엄마 질문을 하다가 안 되겠다면서 자리를 박차고 일어나 테니스 가방 들고나가버려. "매트, 엄마를 용서하지 마요. 그게 맞아."라고 한국어로 말했는데 그날은 알아듣는 것 같더라고. 용서할 마음 전혀 없다면서 'Never'를 스무번쯤 반복하는데 난 그게 왜 엄마가 그리워 그냥 아무 소리나 내는 동물인 것처럼 보였을까. 암튼 옆에는 있어 줘야지 싶었어. 나한테 엄마가 할 수 없는… 어린 내가 어떤 과목을 좋아하는지, 왜 그런 것 같은지, 내 대답을 들어주고 나의 어떤 장점이 있기 때문에 그런 것 같다고 말해주는 유일한 사람이었기 때문에. 엄마는 항상 매트가 진짜 이상한 인간이라고 말했어. 엄마가 저녁마다 혈압약이랑 비염약 그리고 기침 약들 잔뜩 챙겨줄 때 몰래 같이 챙긴 독한 수면제들을 먹게 했는데도, 매트가 밤마다 편히 잠들고 아침마다 가볍게 일어났으니까. 이상했겠지. 범인은 나야. 내가 밤마다 매트 방에 들어가 침대 옆 협탁에 올려진 그 알약 중 수면제를 뺐거든. 엄마, 엄마 덕분에 난 수면제도 종류별로 다 알고 혈압약, 기관지 약들이 무엇인지도 구별할 줄 알아. 삶의 유일한 희망이 매트였으니까 난 필사적이었지. 엄마가 한 그 일이 성공하면 곧 나에게 불행이 온다는 얘기잖아. 다시 엄마와 둘이 사는 경험은 죽어도 하기 싫었거든. 그래서 매일매일 그렇게 엄마를 무죄로 만들어야 했어. 그 공을 아무한테도 이야기할 수 없다니 너무 아쉽다. 내가 늘 들고 다니는 녹슨 은색 필통 안에 빼돌린 약이 아직도 가득해. 그건 내가 꼭 챙겨갈 거야. 아무도 날 높이 평가해 줄 수 없으니까. 나 혼자라도 꼭 기억하려고.

2월 말엔 매트가 아차산 가는 날이라 나도 따라갔어. 빨간티에 파란 스트라이프 비니를 쓰고 왔더라. 연애 시절에 엄마가 그 룩을 좋아했었다고 말하며 배시시 웃었어. 내가 엄마는 사실 그 티가 명품 브랜드 로고가 있어서 좋아했을 거라고 말했지. 그랬더니 매트가 "아! 아랄줄 그렀다!"라고 외쳤어. 엄마, 매트는 그렇게 의도 없이 재미있고 순수한 사람이야. 영어 선생이면서도 한국어에는 어문의 재능이 깃들어주지 않는 정도 외엔 이상한 구석이 없다고.

"No, 매트! 그럴 줄 알았다.라고 해야죠." 내 말을 제대로 알아들은 것 같진 않았어. 그냥 파란빛의 골든 레트리버 같은 눈만 내 눈을 따라다니며 웃었지.

이 얘긴 우리 셋이 함께 살 때도 늘 하던 에피소드잖아. 그때마다 엄마는 늘 말했지. 속았다고. 고향 LA에 부자인 엄마를 두고도 그다지 그녀의 재산에 관심없이 그냥 각자 잘 살면 그뿐인 한 남자를 엄마는 속빈 강정이라고 말했어. 난 반대야. 텅 빈 엄마와 내 인생을 채워주던 사람이니까. 그래서 난 은근히 아저씨 영향을 받으면 엄마가 나처럼 좀 달라질지도 모른다고 생각했거든? 근데 엄마는 내 대학 졸업식 날에도 제대하는 날에도 그기대를 놓지 않고 있는 것처럼 유명하다는 부자 시어머니의 소식만을 검색하고 바빴어. 엄마는 정말 변하지 않는구나. 우린 아무래도 엄마의 그 높은 산에 따라 올라가긴 벅찼나봐. 새삼스러웠어. 마치 언젠가 올지 모를 부자의 삶이란 헛것의 냄새를 맡으면서 냉장고 밑 빈틈에 주둥이를 계속 처박는 개처럼 킁킁대는 것 같았지. 그러다 또 갑자기 화를 내며 엄청 짖어댔어. 불행하다고. 억울한 표정으로. 또 기억 안 난다고 할 거지? 그럼 여전히 난 해줄 말이 없어.

"헤이! 패트!" 매트는 나를 그렇게 불러. 내 닉네임이거든. 언제나 내가 생각에 빠져 악몽으로 발을 헛디디려 할 때마다 그 목소리가 날 깨웠어. 한 번은 매트랑 산에 갈 때 내가 노란 티셔츠를 입고 간 적이 있는데 옛날 만화 '패트와 매트' 캐릭터 같은 거야. 그때부터 우린 말하지 않아도 약속한 듯 그렇게 입고 산에 갔어. 비니도 똑같이 쓰고 다녔지. 그럴 때만큼은 우리가 서로 다른 인종이 아니라 그냥 진짜 아빠와 아들 같았어. 난 산보다 그게 더 좋았고.

그 말이 떠올라. "패트는 계란 샌드위치 좋아한다. 이따 같이 먹는다."

나는 "아니, 달걀 샌드위치 좋아해요." 했는데

"오, 나쁜 패트! 여기 방송 아니에요. 겨란이라고 말해도 된다."
사실 '겨란'은 엄마 발음이라 짜증나서 그런 건데. 그 사람은 모든
인생이 아직도 전부 엄만데 엄마는 거기 없더라. 감정도 텔레파시
로 연결된 건지 그 말을 하고 나서 잠시 정적이 흘렀고, 파란 눈의
갱년기 남성은 눈물을 글썽거렸어. 진짜 나만 안쓰러워?

그날 저녁에 밥 먹으면서 매트가 그랬어. "패트, 클레어는 내 약
항상 챙겨줬다. 클레어도 젊지 않다. 근데 병원에 실려가고 입원했
을 때 내 옆에 클레어 있었다. 나 한국말 못 할 때 그녀가 다 말해
줬다. 병원 힘들어, 약 너무 많아. 써. 매트는 먹기 싫었어요. 근데
유어 마미, 매트 케어하고 잠들 때까지 늘 지켜봐 주었다. 매일. 퇴
원하고 약 열심히 먹어야 우리 계속 함께 할 수 있다. 너무 미워하
지 않는 게 패트에게 좋다. 마음으로만 몰래 초큼만 미워해라. 패
밀리, 중요한 거다. 바다 여행 함께 가기로 한 것. 패트는 기억해
라. 갱릉이 기다린다. 우리를."

영어도 못하는 엄마 이름이 '클레어'인 거, 사랑으로 점철된 정체
모를 쓴 약들, 그리고 강릉 바다. 더 이상 매트를 기다리지 않는
헛껍데기들이 화장한 4월의 꽃가루처럼 휘날렸어. 그걸 마치 내가
삼킨 듯이 입안이 까슬까슬해서 자꾸 되새김질만 해야 했어. 엄마
가 의사한테 남편 죽이기에 실패했다고 말할 수 없어서 우울증 같
은 걸로 덮어쓰기 한 걸 말할 수 없던 내 침묵의 평계도 필요했고.

정말 궁금한데 궁금할 수가 없어. 만약에 그런 끔찍한 일을 왜 했냐고 엄마한테 물어본다고 쳐. 그럼 또 0.1초 만에 '몰라' 이러고 넘기는 엄마를 보게 될 것 같아서 진짜 겁이 나. 엄마는 늘 그랬으니까. 그런 사실까지 짐작하는 나도 싫다. 이제 할 수 있는 건 그냥 노란 티셔츠와 모자를 잘 개서 가방에 욱여넣는 일 정도밖에 없어. 앞으로 더 이상 입을 일이 없을 건데도 말이야.

매트는 미국으로 돌아가야겠다고 조심스럽게 말했었어. 내 곁에 남아달라고 하는 건 욕심이니까 난 이해한다고 말했지. 그게 진심이야. 그리고 어제, 엄마가 없는 날 정확히 말하진 않았던 우리의 마지막 날을 맞이했어. 190cm 장신인 매트는 낮은 천장 아래에서 능숙하게 고개를 숙이고 젖히면서 옷방으로 가 짐을 챙겼어. 불편했을 텐데도 단 한 번도 불평하지 않았던 그때와 마찬가지로 편안하고 조용했어. 물건을 가방에 넣고 숙였다 일어나니까 어지러웠는지 옷장 문에 붙어 있던 나와 늘 골을 넣었던 농구 골대를 잡고 호흡을 내쉬었지. 내가 '게으름뱅이 의자'라고 부르던 매트의 리클라이너에 잠깐 앉으라고 했지만 매트는 내가 서 있는 싱크대 앞에 기대서서 잠시 추억을 응시하다 다시 입을 뗐어. "패트, 마이 프렌."

순간을 모면하기 위한 엄마의 거짓말은 언제나 비상했대. 그게 옛날부터 매트의 몸 여기저기 구멍을 내서 피가 쏟아지게 했대. 엄마가 자신을 속일 수 있을 거라고 착각을 하게 한 것도 본인이 무르게 굴었던 탓인 거라고. 그건 나도 어느 정도 인정해. 그래서 엄마가 자주 바람피운 것도, 그중 가장 최근 남자는 심지어 내 생물학적 아버지인 전 남편이라는 것도 화는 나지만 한 편으론 익숙함이 느껴지는 게 제일 싫었다고 하더라. 매트의 처참함을 내가 다 위로해 주기엔 너무 부족해서 오랜만에 늘 불러 달라던 '아빠'라고 불렀더니 고맙다며 허그를 했어. 언제든 미국으로 오라고. 기다린다고 하며 내 등을 두 번 두드렸어. 나는 알겠다고 했지만 아마도 그게 우리가 나눈 마지막 인사였던 것 같아. 이어진 기억은 새까만 음성파일처럼 짐 가방 손잡이를 꽉 쥐고 들어 올리는 소리, 그것과 함께 실려 나가는 낡은 캐리어의 비명 같은 바퀴 소리만 머리에 남아있어. 엄마, 혹시라도 매트한테 용서를 구할 기회가 있다면 기억이 안 난다는 말은 하면 안 될 것 같아. 그냥 없었던 일처럼 지내고 싶은 마음도 최대한 감춰. 미국 중년 남자와 한국의 20대 후반 취준생 남자의 가슴에 총구멍을 내는 게 엄마 계획이라면 성공은 했어.

내가 왜 이런 마음을 먹었을까 가만히 잘 생각해 봤어. 얼마 전에 내 룸메이트 서경이 알지? 걔가 그런 말을 해서 정말 충격을 먹었었거든. 내가 엄마를 닮은 것 같다고. 가끔 자기 자신만 알고 그러는 게 내가 고등학교 때부터 매일 욕 한 엄마의 행동과 비슷하다고. 그게 엄마와 나의 연결고리인 것 같다고 하더라. 물론 말다툼이었지만, 서경이의 그 말은 날아오는 망치 같았고, 내 이마에 깊이 박혔어. 감정을 숨김 처리하는 것 같은 버릇. 그걸 난 잘 숨기는 게 맞는 줄 알고 살았는데, 서경이한텐 자기가 친구였을 때나, 애인이었을 때나 늘 차단당하는 느낌이었다는 거야. 난 엄마를 잘 알면서도 늘 모르고 당하는 것 같은 쓰레기 같은 기분으로 살았는데, 그런 걸 나도 모른 채 저지르며 살고 있었다는 사실이 얼마나 끔찍했는지 엄만 모를 거야. 더 황당했던 건 내가 서경이 뺨을 후려친 직후에 그걸 알아차렸다는 거야. 내가 엄마처럼 미쳐가고 있다는걸. 왜 하필 그때 내가 5살이든 15살이든 25살이든 엄마가 내 뺨을 후려치던 기억들이 사방에 돌풍처럼 휘몰아치면서 엄마 냄새가 났을까? 그러면서 내 손이 볼과 광대뼈를 지나는 순간 느낀 감촉이나, 서경이의 놀란 표정을 보는 거에 내가 어느 정도 쾌감을 느끼고 있다는 것도 알게 됐어. 엄마도 그래서 자주 그랬을까? 최악의 취미네. 내가 무릎 꿇고 사과를 했을 땐 이미 너무 늦어버렸고, 그 후로 내 제일 친한 친구라는 존재는 다신 못 볼 친구가 됐어. 동시에 다시 못 봤으면 하는 또 한 사람이 떠올라 버렸지. 후회가 식은땀이 되어서 볼로 굴러떨어지는 기분 알아? 그걸 훔치는 왼손엔 여전히 뺄 수 없는 반지 하나가 네 번째 손가락의 피부인 양 붙어 있어. 이건 빼서 챙겨 두는 게 좋을 것 같아.

엄마, 요즘 나의 저녁 먹기 전 루틴이 하나 있어. 저녁 먹고 엄마가 씻을 때 엄마 방에 몰래 들어가 화장대 제일 위 서랍 속 수면제와 우울증 약을 먹나 안 먹나 개수를 확인하는 거야. 뭐 초반엔 이상 없었지. 근데 오늘 밤엔 뭔가 시선을 자꾸 끌어서 아래를 봤어. 침대 밑에 삐져나온 어떤 모서리였고, 잡아끌어보니 큰 짐가방이더라. 짐가방은 뭐 익숙해. 늘 짐을 싸고 갑자기 떠나는 게 취미인 사람의 것이니까. 근데 그 안은 원래 쇼핑한 옷이나 신발이 들어있어야 하잖아? 그 엄청난 양의 진통제와 수면제는 무엇이며 또 어떻게 구한 거지? 내가 거의 일 년을 모은 필통 속의 약 보다 많아. 불안보다 궁금증이 더 커서 안 물어볼 수가 없었어. 엄마가 다시 무언가를 시작할 것만 같아서. 매트가 사라지고 나면 그다음은 나일 수도 있을 것 같아서. 그래서 아까 엄마가 와인으로 저녁 식사를 하는 동안 약사였던 친아버지를 다시 만났냐 묻기 시작한 거고.

물론 엄마에게 대화를 시도하면 언제나 소득은 없어. 잃는 게 더 많지. 오늘도 짜증, 통곡, 화, 분노. 단계별로 밟아 올라가다가 특별히 식칼까지 들었어. 나에게 '참견을 말라. 떠날 거다.'하면서 또 난장판을 만드는 클리셰가 이제 힘들지가 않아. 근데 한 가지 정확한 건 누가 봐도 저 약들은 엄마가 먹거나 팔 요량으로 구한 게 아니야. 또 길 잃은 어린애 눈을 하고 짖어 대는 게 들켰다는 당황의 신호인 걸 평생 겪었거든. 우울증으로 힘들어 죽겠는데 왜 또 의심하냐, 날 왜 매번 문제아로 만드냐는 중2병 같은 대사는 흘려들을 수 있어. 그다음 대사는 죽고 싶단 이야기일 거야. 하도 들어서 지루할 지경인 사람이야 난. 심지어 흥분해서 휘두르다 내 턱을 스친 칼자국도, 흐르는 피도 다 참을 수 있어. 근데 그 귀신같은 타이밍에 튀어나온 엄마의 말. '너도 알다시피 매트를 언제 죽일지 몰라서…' 기어코 그 말을 뱉네? 농담이라며 나에게 동조해달란 식으로 입만 웃는 웃음은 뭐며, 그 찰나에 수영장에서 몰래 오줌싸는 사람처럼 몸을 부르르 떠는 건 뭐지? 그렇게 또 듣고 싶지 않은 이야기를 억지로 귀에 꽂아 넣고, 본인의 죄에서 내 몫을 은근히 덜어주려고 하는 거야 엄마? 진지하기까지 한 그 모습은 더 이상 내게 단순히 받아들여지지가 않았어. 그 때 마치 일시정지 버튼이 눌리듯 나를 쿡쿡 찌르는 턱의 쓰라림이 드디어 나한테 어떤 신호를 주는 것 같더라고. 나만 피 흘리지 말자. 더 이상은 참지 말자. 고민하지 말자.

엄마가 내동댕이치듯 던진 칼은 내 오른발 근처로 와 있고 엄마처럼 떨고 있어. 내 오른손은 느리지만 당연한 듯 그걸 주워. 그리고 당황한 그 표정을 갈기갈기 찢기로 하지. 그때 엄마의 작은 몸집은 돌아섰어. 늘 사과하기 싫거나 어쩔 줄 모를 때, 모른 척하기 위해 비정상적으로 펴진 어깨와 등을 보여주던 엄마니까. 나는 엄마가 평생을 정성으로 빗어 내리곤 했던 그 길고 숱 많은 머리카락에 먼저 집중해. 그 몸집에 어울리지도 않는 검고 풍성함을 왼손에 꽉 쥐었어. 그리고 칼날로 서서히 비비며 잘랐지. 머리카락에 담긴 엄마의 의도들이 그렇게 퍼석하게 잘려 나갔으면 했어. 아, 비명은 그만. 눈물도 그만. 다음은 손목을 잡았어. 너무 가늘어 꽉 잡으면 부러질 것 같은 그 분필 안쪽엔 내 인생까지 같이 썰어 댄 붉은 가로줄들이 화상 흉터처럼 부풀어 올라 있어. 칼을 가까이 대 봤어. 놀라는 그 눈은 뭐지. 내 눈에 폭발 직전인 경멸이 이제 보이나? 칼은 엄마 배의 얄팍한 피부를 대수롭지 않게 뚫더니 얕은 몸을 여러 번 가로질러. 난 엄마를 가까이 끌어당겼지. 내 팔을 부여잡았던 엄마의 양손이 식탁 의자에 아무렇게나 걸쳐진 수건처럼 공중에 흔들리게 되었을 때 온 집안이 피비린내로 진동했어. 그 짜릿한 상상에서 깨어난 건, 그 역겨운 냄새가 내 호흡 안으로 들어왔기 때문이야. 턱의 상처에서 올라오는 피비린내도 같은 냄새였어. 그래서 식탁의자에 힘 없이 걸쳐 있던 그 걸레 같은 수건으로 턱의 피를 닦고 바닥에서 주운 칼에 감아 얼른 내 가방에 넣었어. 잊고 싶지가 않아서 그랬던 것 같아. 내 턱의 상처는 아물어도 누군가의 죄는 희석시켜주고 싶지 않았거든.

내 눈앞은 여전히 곧게 펴져 있는 엄마의 등이었어. 그 위에 묶여 있는 긴 머리에 대고 말했지. "내가 정리할 테니 씻고 와. 차 끓여 줄게." 감정도 에너지도 아무것도 주워 담지 않은 내가 말했어. 이상하긴 했는지 돌아서서 무언가 할 말이 남은 사람처럼 엄만 다시 시동을 걸어보려 했지만, 내 턱에서 흰 티셔츠의 가슴 위로 후두둑 떨어지는 피를 보더니 다시 화장실로 빠르게 걸어갔어. 난 다시 의연해질 수 있었어. 다 내 결심 때문이야. 나는 내 인생도 다른 사람의 인생도 망치고 싶지 않아. 그러면 차분해져야 한다는 걸 상기시키며 행주로 피를 다시 한번 눌렀어. 평소처럼 차를 끓여서 누구처럼 늘 행방이 묘연한 엄마의 초록색 머그컵에 담아 줄 거야. 그 짧은 순간에 머그컵을 찾는 일이 날 안정시킬 수 있을 거라는 믿음이 생겼고. 차분히 집을 한 바퀴 돌았어. 몇 십 걸음 정도였겠지만 그 걸음에서 나의 공포 레이어는 한 꺼풀 벗겨진 느낌이 들었어. 컵은 이번엔 세탁기 위에 있더라고. 가져와 싱크대 위에 두고 전기포트에 물을 받아 버튼을 눌렀어. 버튼에 끈적한 내 피가 동그랗게 찍혔지. 그 작고 둥그런 빨간 점이 나와 주전자를 동시에 끓였어.

끓어오른 물이 티백을 적시고 그때부터 난 심장이 뛰지 않았어. 거의 자동화된 기계가 됐지. 1초의 망설임도 없이 능숙하게 수면제 알약을 잔뜩 가져와 짓이겼어. 늘 티백을 네다섯 개쯤 넣어 쓰고 엄청 진하게 마시는 걸 좋아하는 엄마니까 양 조절 안해도 되겠다, 싶어서. 수십 알의 알약을 신나게 부수고 녹였어. 생각보다 즐기고 있는 것 같다는 느낌까지 들더라. 스릴이 넘친다고 해야 하나? 생각보다 빠르게 티타임을 만들 수 있었어. 심호흡을 짧게 했어. 근데 심호흡은 괜히 했나 봐. 아무 일도 없다는 듯이 당당히 거실 소파로 걸어가 다리 한 쪽을 접어 걸쳐 앉고 반은 눕다시피 하는 엄마가 보였거든. 그리고 리모컨을 들어 TV를 켜면서 아무 말 없이 고개만 돌리고 '내 차는 언제 줄 거냐'는 듯 날 쳐다봤어. 하필 그 눈빛은 왜 매트랑 비슷했던 걸까? 그런 요동치는 아이러니를 헤치며 한 걸음씩 다가갔어. 적당히 어둡고 누르스름한 스탠드 조명 하나랑 TV에서 흐르는 나지막한 빛만 켜져 있어서 그런지 벽에 움직이는 거대한 내 그림자가 보여서 약간 공포 영화의 한 장면 같았어. 미쳐가는 걸 거야 하면서 약간의 떨림도 없는 척하려고 컵을 꽉 쥐었지.

"엄마 뜨거운 거 싫어하니까 미지근하게 탔어." 엄마는 고개만 끄덕였고, TV를 보며 아들의 애정을 마시기 시작해. 눈을 감는 엄마를 조용히 지켜보는 건 생각보다 흥미롭네. 아, 재밌으니까 엄마도 그렇게 매일 꾸준히 했었겠구나. 더 이상 보지 못할 텔레비전을 향했던 엄마의 얼굴이 천장을 향하며 들어올려지고 있어. 그리고 뒤통수가 소파에 닿아가지. 노을처럼 고요히 엄마가 잦아들고 있어.

난 우선 리아 이모의 책 아홉 권을 침대 밑에 있던 엄마의 그 큰 가방을 가져와 넣었어. 그 책은 가방 속에서 깊이 잠든 엄마에게 짓눌리며 앞으로의 엄마를 감당할 거야. 그리고 엄마는 엄마 위에 구겨 넣을 내 가방을 감당하게 되겠지? 지퍼를 잠그는 게 생각보단 힘들겠어. 근데 엄마와 같이 사는 나보단 덜 힘들지 몰라. 자물쇠가 있어 다행이란 생각도 들어. 난 앞으로 그 잠금이 풀어지더라도 불편해지는 걸 무서워하지 않으려고 해. 죄책감의 반대편에 서 있는 기분이야. 그리고 더 볼품 없어지려고 애쓰며 살 거야. 내 감정에 더 충실하면서. 혹시나 엄마가 돌아오고 싶어도 내 모습을 보면 나에게 돌아오고 싶지 않게. 그리고 이유를 묻는다면 엄마랑 똑같이 '기억이 안 나서'라고 그냥 답할 거야. 그런 생각을 하니 어떤 통쾌함이 느껴져서 조금 이따 엄마의 초록 머그컵을 씻는거에 꽤 공들이게 될 것 같아.

돌아올 곳이 없어진 걸 축하해. 엄마.

패트가.

아홉수

은미

　개나리가 학교 언덕길을 노랗게 채운 그날의 하굣길은 유난히 시끄러웠다. 그날은 선아가 초등학교에 입학하고 처음 있는 반장 선거날이었다. 무리 지어 우르르 내려가는 아이들 사이로 선아는 혼자 걸었다. 신발을 질질 끌며 걷자 모래 먼지가 일어나고 학교 운동장을 빼곡하게 채웠던 아이들이 뿌옇게 흩어졌다.

　선아네 담임선생님은 말할 때마다 쇳소리가 나는 할아버지였는데, 한 손에는 나무 몽둥이를 항상 들고 있었다. 반장 선거에 대해 설명하던 일주일 전에도 선생님은 거친 기침 소리와 함께 몽둥이로 교탁을 두 번 내리치고는 남자 반장과 부반장, 여자 반장과 부반장을 뽑는다고 말했다. 선아는 학교에 입학했던 날보다 더 설레는 감정을 느꼈다.

'내가 반장이 된다면?'

반장이 되면 책상에 선을 긋고 넘어오지 말라는 협박을 시간마다 해대는 짝꿍 승원이도, 매일 본인의 마음대로 하지 않으면 작은 눈을 흘기는 미란이도 선아에게 함부로 하지 못할 것이다. 선아는 웃는 엄마의 얼굴이 떠오르자 더욱 반장이 되고 싶었다. 학교에 입학했고 초등학생이 되었지만 상장을 받아 본 기억도 없었다. 그저 매일 공책에 받아오는 참 잘했어요. 도장이 유일했다. 선아는 특별한 아이라는 것을 엄마에게도 친구들에게도 보여주고 싶었다. 그러기 위해서는 꼭 반장이 되어야 했다. 하지만 선아는 후보로도 추천받지 못했다. 반 아이들은 고사하고 선생님조차도 선아의 이름을 기억하는지 의문스러운 시간이었다. 당연하게도 반장은 되지 않았지만 선아는 반장이 된 상상을 멈출 수 없었다. 아이들에 둘러싸여 웃고 있는 선아의 모습과 엄마와 아빠가 활짝 웃는 모습이 떠나지 않았다.

현실이 달라지면 얼마나 좋을까. 선아는 이렇게 반장선거를 끝낼 수 없다는 결론을 내렸고 학교 언덕길을 내려오는 동안 어렵지 않게 거짓말을 떠올렸다. 학교 앞 문방구가 보이자 확실하게 거짓말을 하기로 결정했고 너무 쉽다는 생각이 들자 마음이 가벼웠다. 선아는 잠시 거짓말의 계획을 접고 평범한 아홉 살 아이처럼 문방구 앞을 서성였다. 몇 명의 여자아이 무리가 문방구를 빠져나오는 것을 확인한 선아는 문방구로 들어섰다. 주저 없이 주머니에 있던

100원을 꺼내 종이 뽑기를 했다. 처음엔 예상대로 꽝이었다. 한 번 더 뽑고 싶어진 선아는 마저 남은 100원을 꺼내 종이를 뽑았다. 고르고 골라 왠지 꽝이 아닐 것 같은 종이 한 장을 신중하게 판에서 뜯어냈다. [점보지우개]라고 적힌 글자를 보고도 믿기지가 않았다. '아싸!!' 속으로 작게 외치자 기분이 좋아져 웃음을 참을 수가 없었다. 선아는 혹시나 뺏길까 싶은 마음에 새어 나오는 웃음을 참아가며 얼른 가방을 열고 필통을 꺼내 반으로 쪼개진 지우개를 치우고 새 지우개를 넣었다. 문방구를 나와 집으로 걸으면서 본격적으로 거짓말의 계획을 구체화했다.

먼저, 반장이 됐다고 말하는 것은 매우 위험했다. 선아 엄마가 사실 확인을 위해 학교에 찾아올 가능성이 컸다. 선아는 꽤나 논리적으로 안전한 부반장을 선택했다. 부반장이 되었다고 말한다면 엄마가 당장 나서서 학교에 오거나 억지로 확인을 하지 않을 테니 안전했다. 무엇보다 부반장도 나름 만족스러운 결과였다. 멀리 선아가 살고 있는 시장의 입구가 보이자 부반장이 되기로 한 계획이 보다 견고해졌다. 일단 사실대로 반장은 지연이가 됐다고 이야기하기로 정했다. 오늘 반장이 된 지연이는 거의 몰표를 받아 반장이 되었다. 어쩌면 당연한 결과였다. 지연이는 엄마가 녹색 어머니회 고, 언니는 학교 걸스카우트 대장이었다. 반장은 지연이로 일찌감치 정해져 있었던 것인지도 모른다. 선아는 이 사실을 굳이 부정하지 않기로 했다. 문제의 부반장! 부반장은 영은이가 되었는데 영은이는 10표도 받지 못했는데도 부반장이 됐다. 영은이도 선아처럼 엄마가 녹색어머니회도 아니고 걸스카우트인 언니도 없었다. 만약 영은이 대신 선아가 후보에 올랐다면 부반장은 선아가 되었을 것이다. 선아가 후보에만 올랐다면 부반장이 되었을 테니 아예 터무니없는 거짓말은 아니었다. 결심이 굳어질수록 집은 더욱 가까워졌다. 멀리 선아의 집이자 엄마와 아빠가 운영하는 정육점의 입간판이 보이자 심장이 두근거리고 땀이 나는 것 같았다. 질끈 묶은 머리 사이로 맺혔다 흐르는 땀에 몸이 서늘했다. 태어나 처음 느껴보는 긴장감이었다. 특히나 선아가 학교에서 돌아오는 시간엔 시장이 한가한 편이었고 그 시간에 책가방을 메고 걷는 선아를 모르는 척 보내는 상인은 없었다. 그날따라 여기저기 선아를 어찌나 크게 불러대던지 선아는 한 걸음 뗄 때마다 몸이 들썩일 정도로 놀라기를 반복해야 했다. 선아는 이러다 거짓말이 들킬까 싶어 최대한 빠르게 걸으며 침착해지기 위해 주문을 외웠다.

'나는 부반장이 됐어. 부반장이 됐다고 말하면 돼.'

선아네 정육점 앞. 선아는 침을 한 번 삼켰다. 그리고 자신이 평소에 어떻게 인사를 하고 집으로 들어갔는지 생각했다. 매일 집에 들어가는 일인데 어떻게 인사를 하고 어떻게 가방을 두었으며 어떻게 엄마에게 말을 걸었는지 도무지 기억이 나지 않았다. 선아는 두 눈을 질끈 감고 무작정 가게로 들어갔다.

"엄마! 나 부반장 됐어!"

선아는 거침이 없었다. 망설이다 말하는 것은 더 의심스러웠다. 선아가 첫 거짓말을 내뱉을 무렵 고기 손질을 해서 가판 냉장고에 차곡차곡 고기를 정리하던 엄마는 고개를 돌려 선아를 바라봤다.

"부반장?"

"응. 반장은 지연이가 됐고, 부반장은 나야"

엄마는 고기를 썰던 칼을 조용히 내려놓고 목장갑을 벗어 선아에게 다가왔다.

"선아가 부반장이 됐어?"

"응. 내가 부반장이야. 반장은 지연이."

그제야 엄마의 입가엔 미소가 번졌다.

"우리 선아 정말 대단하다!"

엄마의 반응에 선아도 웃음이 나왔다.

"아이고! 부반장이라니!"

엄마는 선아가 메고 있던 가방을 풀러 내려주었다. 선아는 엄마가 가방을 받아주는 행동에 무척이나 기분이 좋았다. 엄마가 웃어주었고 직접 가방을 들어주었다. 그건 분명 대접받는 행동이었다.

"남자 반장은?"

"준영이"

"그럼 엄마가….. 네! 어서 오세요."

엄마의 질문이 쏟아지려고 하는 순간, 가게에 손님이 왔고 엄마는 고기를 팔기 위해 다시 커다란 도마 앞에 서서 목장갑을 꼈다. 선아는 그 모습을 보고 다행스러운 마음에 얼른 조용히 신발을 벗고 정육점 안 작은방으로 들어갔다. 선아는 평소처럼 책과 필통을 꺼내 정리하고 내일 필요한 교과서를 미리 챙겼다. 평소답지 않은 행동은 의심을 사기 쉽다는 철저한 계산에서였다. 선아네 가게에는 손님이 많았는데 선아 엄마는 그 이후로도 한참을 고기를 파느라 더 이상의 질문도 이야기도 나누지 못했다. 정육점 작은 방안에는 누가 오고 가는지 누가 고기를 얼마나 사 가는지 등 가게의 소음이 생생하게 전달되고 있었다. 선아는 책을 펴고 작은 앉은뱅이책상에 앉았지만 가게에서 노닥거리는 손님들의 소리와 엄마의 움직이는 소리에 귀를 집중했다. 두근거리는 심장 소리와 가게의 소음이 섞이자 머리가 복잡했다. 선아는 한숨을 쉬고는 일기장을 꺼내 일기를 쓰기로 했다. [반장선거]라는 제목을 적고 반장이 된 지연이를 먼저 그렸다. 그리고 박수를 치고 있는 친구들도 그렸다. 그 중에는 누가 누구인지 알아보기 힘들지만 분명 웃고 있는 선아도 있었다. [반장이 된 지연이]라고 썼지만 다른 말은 떠오르지 않아 부반장이라는 말을 썼다 지우기를 반복했다. 의미 없이 쓰고 지워대느라 새로 뽑은 지우개가 힘없이 작아지고 있는 줄도 몰랐다. 그

때 선아 아빠가 방문을 밀어 고개를 들이밀고 웃었다. 선아는 두 눈을 동그랗게 뜨고 화들짝 놀라 아빠를 바라봤다.

"우리 선아가 부반장이야? 여보 우리 저녁에는 사거리 갈빗집에 가자" 아빠가 선아의 말은 듣지도 않고 고개를 돌려 엄마와 대화를 이어갔다.

"어? 선아 좋아하는 떡볶이 해줄까 했는데"
"이 사람아, 맨날 먹는 떡볶이를... 지금, 선아가 부반장이 됐고만! 가자!"
예상대로 선아는 자랑이었다. 엄마가 학교에 찾아오지 않아도, 언니가 없어도 부반장이 된 기특한 아이 그게 바로 선아였다. 진짜였다면 더 좋았겠지만 선아에게는 그 순간만큼은 너무 달콤했다. 입안에 든 달콤함이 가득해 혀가 저릿했던 경험 그 이상으로 인정받는 달콤함은 선아를 들뜨게 만들었다. 상상대로 부반장이 된 것도 나쁘지 않았다. 선아는 영원히 녹아버리지 않았으면 하는 달콤함을 느끼며 하루하루를 즐겼다.

달콤함이 과하면 탈이 나는 걸까. 그전에 사실대로 말했다면 달라졌을지도 모르겠다. 아니면 들켰을 상황에 대비했다면 어땠을까. 그랬다면 인생의 후회라는 것을 덜 아프게 느꼈을지도 모른다. 선아의 거짓말은 며칠 후 너무 쉽게 들통나버렸다. 그날은 반장인 지연이 엄마가 선아네 집에 고기를 사러 온 날이었다. 가게 안 작은

방을 통해 선아 엄마가 지연이 엄마를 반기는 소리가 들리고 선아는 방문에 붙어 가게에서 들리는 소리에 집중했다.

"우리 선아가 부반장이 됐는데 학교에 못 가봤네요. 미안해요. 내가 바빠서 그랬....."
"무슨 소리예요? 선아가 부반장이라니? 부반장은 영은인데. 선아 엄마 장조림 할 사태 좀 줘요. 양지가 괜찮은가?"

선아 엄마는 잠시 할 말을 잃고 서있다 지연이 엄마의 재촉을 받은 후에야 장갑을 꼈다. 그리고 차분히 고기를 잘라 기름을 떼 손질했다. 저울에 달고 고기를 봉지에 담았고 망설이다 고기 한 주먹을 집어 봉지에 담았다. 선아 엄마의 멋쩍은 웃음소리가 가게에 울렸고 다른 일을 하던 아빠도 잠시 말없이 섰다 작은방을 바라봤다. 선아 엄마가 말을 이었다.

"내가 잘못 들었나 봐요. 아니, 내가 장사를 하다 보니까. 제대로 얘기를 들을 수가 있어야지. 내가, 헷갈렸어요. 지연 엄마. 내가. 고기 좀 더 넣었어요. 내가 미안하니까"
"아니에요. 다음에 또 올게요."

지연이 엄마는 봉지를 손가락으로 낚아 채 가게를 떠나 버렸고 그 모습을 바라보던 선아 엄마는 입술을 꽉 깨물다 마침내 작은방을 노려보다 앞치마를 벗어던졌다.

"선아 엄마."

선아 아빠가 선아 엄마를 말리려고 했지만 소용이 없었다. 문짝이 떨어져라 세게 열어져치고 방안을 들여다본 선아 엄마의 눈에 작은 책상을 방패 삼아 막고 있는 선아의 모습이 보였다. 선아 엄마는 방에 있던 파리채를 잡고 휘두르며 원망을 쏟아내기 시작했다.

"어떻게 그런 거짓말을 해!"
"잘못했어. 엄마. 잘못했어."
"응? 어떻게 그런 거짓말을! 어? 어떻게 그래!!!"
"엄마! 잘못했어. 거짓말 다시는 안 할게!"

선아의 울음소리 끝에 선아 엄마의 떨리는 목소리가 섞였다. 선아는 파리채를 휘두르는 엄마가 무서워 벌벌 떨면서도 엄마가 울고 있는 건 아닐까 싶어 고개를 이따금씩 들어 보였다. 두더지 잡기처럼 선아가 보이면 보이는 대로 파리채를 휘두르던 선아 엄마는 책상을 막고 있는 선아의 손가락을 노려 때리기 시작했다. 몇 번의 매질을 손가락으로 받아낸 선아는 더 튼튼히 붙잡고 싶은 생각에도 버틸 수 없어 책상을 놓치고 말았다. 작은 책상은 방에 굴러떨어졌고 선아는 엄마와 눈이 마주치자마자 무릎을 꿇고 손을 모아 엄마에게 빌며 용서를 구했다.

"엄마! 잘못했어. 거짓말 다시는 안 할게!"

선아 엄마의 화는 쉽게 사그라지지 않았고 그만큼 선아는 더 맞았다. 선아는 어제라도 부반장은 거짓말이었다고 스스로 말했다면 어땠을까 후회했다. 이렇게 맞을 줄 알았다면 거짓말을 하지 않았을 것이라는 후회도 했다. 하지만 그 순간 엄마, 아빠와 손을 잡고 갈빗집으로 걸어가던 모습이 떠올랐고 괜히 눈물이 났다. 선아는 더 크게 울기 시작했고 울음이 커지자 선아 엄마도 포기하듯 주저앉아 한숨을 내쉬었다.

"창피해 못 살아! 내가 창피해서 못 살아!"

선아 엄마가 마지막인 양 소리를 내지르자 선아 아빠가 방으로 들어와 선아 엄마의 어깨를 잡고 방 밖으로 나갔다. 선아 엄마는 방 밖을 나가서도 분을 삭이지 못해 선아 아빠에게 하소연을 했고 방 안에는 선아와 선아를 막았던 책상만 덜렁 남아있었다. 선아는 엄마가 나가자마자 미처 잡지 못해 나뒹굴게 된 책상을 다시 세워놓고 눈물을 닦았다. 닦아도, 닦아도 눈물이 나왔다. 선아는 우느라 곤란해진 호흡을 몰아쉬었다 내뱉기를 반복했지만 눈물은 계속 흘렀고 쉽게 숨은 쉬어지지 않았다. 숨 막히는 시간이 지나고 겨우 고요해진 밤. 선아는 '엄마가 나를 미워하겠지?'라는 생각이 들자 다시 눈물이 나왔다. 선아는 자고 있는 엄마 옆에서 엄마를 바라봤다. 깜깜한 방 안에서도 엄마의 얼굴은 잘 보였다. 선아는 엄마가 용서해 주지 않을 것이란 걱정과 절망에 빠졌고 결국 외로웠다. 선아가 그날 처음 알게 된 외로움이란, 깜깜한 방 안에 혼자 울어도 아무도 모른다는 것이었다.

다음 날, 역시나 지연이는 반 친구들을 모아놓고 선아의 거짓말에 대해 말하고 있었다.

"쟤가 부반장 됐다고 지네 엄마한테 거짓말했대."

선아는 애써 무시하고 자리에 앉았지만 눈물이 나올 것만 같았다. 짝꿍인 승원이는 선아가 앉자마자 팔을 툭 치며 넘어오지 말라고 으름장을 놓았다. 선아는 눈물이 왈칵 나와 얼른 오른팔로 눈물을 닦았다. 하지만 아무도 선아의 눈물에 관심을 가지는 사람은 없었다. 곧 할아버지 선생님이 가래 섞인 기침을 하다가 몽둥이로 교탁을 두어 번 내리치자 지연이의 날카로운 목소리가 사라졌다. 고개만 숙이고 있었던 수업이 모두 끝나고 다시 하교 시간. 모래 때문에 앞이 뿌옇게 흐려진 운동장을 걸어 나와 언덕을 내려가면서도 선아의 귓가엔 지연이의 앙칼진 목소리가 맴돌았다. 선아는 길을 잃은 상태로 학교에서 집으로 향했다. 빨리 가기 위해 가던 지름길을 포기하고 최대한 돌아갈 수 있는 길을 선택했다. 늘 가던 지름길은 골목골목을 지나는 길이라 조용했지만 돌아가는 길은 차들이 쌩쌩 달려 몸이 흔들거렸다.

"야!"

쭉 찢어진 눈에 까만 피부 깡마른 몸, 미란이었다. 미란이는 시장 끝 왼쪽 골목 주택가에 살았는데 같은 학교에 다녔지만 다른 반이었고 학교에서는 친하게 지내지 않았다. 유일한 동네 친구였지만 선아는 미란이를 썩 좋아하지 않았다. 미란이는 늘 자기 멋대로 하려고 하고 선아에게는 늘 명령하듯 말했다. 선아는 그게 싫었지만 동네에서 같이 놀 수 있는 사람은 미란뿐이었다. 선아는 문득 미란이가 자신의 거짓말 사건을 아는지 궁금해 미란이의 표정을 살폈다. 지연이가 워낙 크게 떠들어 소문이 났을 것이다. 선아는 아무리 미란이의 얼굴을 살펴보았지만 알 수 없었다. 그저 미란이는 평소처럼 찢어진 눈을 하고 입을 앙 다물고 있을 뿐이었다.

"왜 이 길로 가?"
"그냥"
"놀다 갈래?"
"너 알아?"
"뭘?"

미란이는 모른다. 선아는 안도감을 느꼈다. 미란이는 선아에게 아빠가 집에 왔다는 말을 먼저 꺼냈다. 미란이는 할머니와 단둘이 살고 있었는데 엄마는 도망가고 아빠는 집에 가끔 들렀다. 미란이에 말에 따르면 미란의 아빠는 교도소에 가기도 한 사람이었다. 미란의 아빠는 집에 오면 미란이에게 술 심부름만 시키고 마음에 안 들면 물건을 집어던지는 일이 많아 미란이는 아빠가 오는 날이면 집에 가기 싫어했다. 선아는 아빠가 왔다고 푸념하는 미란이에게서 묘한 동질감을 느꼈다. 오늘은 미란이가 진짜 친구처럼 느껴지기까지 했다.

"나도 집에 가기 싫어"
"왜?"
"그냥 가기 싫어"

미란이가 거짓말 사건을 모르고 있는 것 같아 말하기가 망설여졌지만 선아는 엄마가 자신을 싫어할 것만 같은 불안감과 반장인 지연이를 계속 봐야 하는 학교생활에 대한 걱정을 문득 털어놓고 싶어졌다. 선아도 미란의 아빠에 대해 학교에 소문 내지 않았으니 어쩌면 미란이도 선아의 사정을 들어도 소문 내지 않을 것이다. 미란이가 이 기회를 삼아 더 제멋대로 할지도 모르지만 미란이는 원래 제멋대로인 아이였다. 그리고 오늘은 모처럼 마음이 통한다고 느껴지기까지 하다니 선아는 더욱 자신의 마음을 털어놓고 싶어졌다.

"사실은 나 부반장 됐다고 거짓말해서 엄마한테 혼났어."
"히-익! 세상에!"

"아무한테도 말하지 마!"

"그래 뭐. 그래서 엄마한테 맞았어?"

"응. 그리고 지연이도 알아. 학교에서 애들한테 다 얘기해"

"재수 없어!"

미란이의 말에 선아는 왠지 모를 통쾌함을 느껴 웃음이 나왔다. 미란이는 선아를 잡아끌며 말했다.

"그러면 우리 저기 공사장에 가서 건너기 시합하고 놀다 가자!"

"어디?"

"우리 집 앞에 있잖아. 거기 지금 공사하는데 바둑판같아 완전! 응? 가자!! 맨날 놀이터만 가는 거 지겹단 말야. 너, 엄마한테 혼날까 봐 그래?"

"아니. 그건 아니야!"

"그럼 가자! 빨리!"

선아는 위험한 곳이라 내키지 않았지만 오늘은 친구 미란이를 순순히 따르기로 했다. 뛰듯이 도착한 공사장 앞에 선 둘은 바둑판처럼 생긴 철근을 바라봤다. 바둑판같은 철근은 선아와 미란이가 서있는 곳에서 한참 아래였는데 미란이 말처럼 정말 바둑판같았다. 철근 아래는 시멘트가 채워져 있었다. 미란이는 가방을 내려놓고 바지를 걷어 놀렸다.

"여기서 저기 끝까지 먼저 가는 사람이 다음부터 놀이 주인이야. 근데 잘못해서 여기 빠지면 아마 엄마한테 더 혼날걸?"

미란이가 혀를 내밀고 놀리듯 선아를 자극했다. 선아와 미란이는 둘만의 룰이 있었는데 놀이 주인은 하고 싶은 놀이를 선택할 수 있었다. 그리고 상대는 주인의 말에 따라야 하는 규칙이었다. 규칙을 만드는 것부터 주인이 되는 것까지 모두 미란이가 정한 이상한 룰이었지만 같이 놀이를 하려면 들어줄 수밖에 없었다. 선아의 기억 속 놀이 주인은 항상 미란이었다. 이번 기회에 바뀔 수도 있다는 생각이 스치자 망설일 이유가 없었다. 선아는 바지를 걷어 올리고 미란을 뒤따랐다. 철근 위를 한발씩 걸어 나갔다. 한참을 걷다 공사장의 중간쯤 다 달았을 때 선아는 미란을 따라잡으려 속도를 냈고 순간 중심을 잃고 휘청거렸다. 넘어지지 않으려 미란이를 잡은 선아는 미란이가 지르는 소리에 깜짝 놀랐다. 미란이는 시멘트에 한쪽 발이 빠졌고 선아는 깜짝 놀라 미란이를 잡아 올려주었다. 미란이는 계속 소리를 질렀고 선아는 무서워졌다.

"너 때문에 빠졌잖아!"
"일부러 그런 게 아니야!"
"너 때문이야!! 너네 엄마한테 다 말할 거야!!"
"아니야. 내가 그런 거! 나 이제 그만하고 갈래"

선아는 미란이를 등지고 걸었다. 선아는 뒤뚱거리며 철근 위를 걸었고 나오는 동안 뒤를 한 번도 돌아보지 않았다. 선아는 가방을 메고 걷다 잠시 멈추고 뒤를 돌아 미란이를 확인했다. 미란이는 천천히 철근 위를 걸어 나오고 있었다. 선아는 그 모습을 확인하고 다시 등을 돌려 집을 향해 걸었다. 훤히 보이던 골목 안이 회색빛으로 꺼져가고 있었다.

"다녀왔습니다."
"임선아! 어디 갔다 이렇게 늦게 왔어?"
"놀이터에서 놀았어."
"빨리 씻고 숙제해. 지금이 몇 시야!"

선아는 숨듯이 가게 안 작은방으로 들어가 가방을 정리하고 숙제를 했다. 그리고 내일 학교에 갈 준비를 했다. 그날 저녁 식사 시간은 유독 썰렁했다. 엄마의 화는 풀리지 않았고 더군다나 선아는 평소보다 집에 늦게 왔다. 그리고 아빠는 낮부터 술을 마셨다.

어느 때보다 냉랭했던 선아네 저녁시간을 깬 건 미란이 할머니의 사나운 소리였다.
"선아 어딨어!"

찢어진 눈에 까만 피부 미란이와 똑닮은 얼굴에 등이 굽은 미란이 할머니는 정육점으로 들어와 소리를 질러대며 밥상을 엎을 기세였다. 선아 엄마는 놀라 미란이 할머니에게 다가서며 말했다.

"무슨 일이세요"

펄쩍펄쩍 뛸 듯이 성을 내는 할머니의 굽은 등 뒤로 다리 한쪽에 붕대를 감은 미란이가 있었다.

"이거 봐요 선아 엄마. 선아가 밀어서 우리 미란이가 이렇게 됐다니까!"
"네?"

선아 엄마는 선아와 미란이의 다리를 번갈아 봤다. 붕대 사이로 언뜻 핏자국이 보였다. 선아 엄마는 목소리를 가다듬고 밥상까지 다가오는 할머니의 어깨를 붙잡고 상황을 이해하려고 말을 이었다.

"할머니. 미란이가 왜 선아 때문에 이렇게 돼요?"
"선아가 공사장에서 밀어서 이렇게 됐다잖아. 미란이가!"
"선아야. 정말이야?"

선아는 가슴이 철렁했다. 분명히 선아는 미란이가 멀쩡하게 자신을 뒤따라 철근 사이를 걷는 것을 보았다. 선아 엄마는 매서운 눈으로 선아를 바라보며 물었고 선아는 억울함을 담아 큰 소리로 대답했다.

"아니!!!!"

"진짜야?"

"엄마 내가 안 그랬어!"

선아의 대답에 미란이 할머니는 가게 밖으로 나가 펄쩍 뛰며 말했다.

"아니!! 선아가 미란이를 밀어서 이렇게 만들었어! 종아리가 찢어졌다니까!"

시장 상인들은 미란 할머니의 소란을 듣고 순식간에 가게 앞으로 몰려들었다. 선아 엄마가 나가 미란이의 할머니를 붙잡았다. 큰소리가 나자 뒤에 있던 미란이는 할머니를 붙잡고 울기 시작했다. 모든 상황이 어지럽게 돌아갔고 선아는 무슨 말을 해야 할지 몰랐다. 덩달아 신발을 챙겨 신고 나간 선아는 엄마의 옷을 잡아끌며 말했다.

"엄마 내가 정말 안 그랬어."

선아 엄마는 그 말을 들었는지 듣지 않았는지 대꾸도 하지 않은 채 난장을 피는 미란이의 할머니의 팔을 붙잡았다.

"할머니 왜 그래요. 선아가 아니래요"

그러자 미란이가 제 할머니보다 더 크게 소리를 지르며 말했다.

"선아는 거짓말쟁이잖아요! 부반장 됐다고 거짓말하고, 나 다치게 하고서는 아니라고 하고! 완전 거짓말쟁이!!!"

선아는 왜 미란이에게 자기의 마음을 털어놓았는지 후회가 됐다. 궁극적으로는 거짓말을 한 사실에 대한 후회였을지 모른다. 억울한 마음은 '거짓말쟁이'라는 말에 짓밟혀 아무리 발버둥을 쳐도 풀리지 않았다. 선아가 아무리 억울해도 그 누구도 선아의 말을 믿어주지 않을 것이다. 엄마까지도. 미란이의 할머니는 점점 더 큰 소리로 선아가 거짓말을 하고 있다고 외쳤다. 선아 엄마는 소리 지르는 미란이의 할머니를 말리고 있었다. 그때 어디에서도 들어보지 못한 목소리가 들렸다. 깡마른 체구에 작은 키, 땀인지 물에 젖은 건지 축축해 보이는 처진 머리칼 아래로 찢어진 눈이 날카로웠다. 선아는 태어나서 그렇게 매서운 눈을 본 적이 없었다. 그 눈에 비하면 몽둥이를 들고 휘두르는 게 일상인 담임선생님은 꽤나 순한 얼굴이었다. 선아는 단번에 그 사람이 미란의 아빠라는 것을 알았다. 상황이 심각해졌음을 인식했지만 보기만 해도 겁이 나 선아는 엄마의 뒤에 숨어 얼굴을 파묻고 벌벌 떨었다. 겁에 질린 것은 선아뿐만이 아니었다. 미란의 아빠가 나타나자 미란의 할머니와 그 뒤에 있던 미란이 역시 공포에 질린 얼굴로 모여든 구경꾼들 사이로 숨어 버렸다.

"뭔데. 우리 딸이 왜 다쳐!"

미란이 아빠는 소리를 질렀다. 무서워하는 사람이 별로 없어 보였는지 미란이 아빠는 선아네 정육점 근처 상인들이 내놓은 물건들을 집어던지기 시작했다. 미란이 아빠는 비틀거리면서 본인의 몸에 너무 큰 바지를 끌어올리며 소리를 질렀다. 시장이 더욱 소란스러워지자 그제야 선아아빠가 나와 선아네 식구들을 막아섰다. 선아아빠를 보자 미란이 아빠는 기다렸다는 듯 앞으로 다가와 노려보기 시작했다. 선아 아빠의 덩치에 비하면 미란이 아빠는 작고 초라했지만 그 기세가 매우 사나웠다. 금방이라도 싸울 것 같은 분위기에 구경꾼들의 웅성거림이 커졌다.

"에이!!! 너 이리 와봐!!!!"

미란이 아빠는 그것으로는 부족했는지 선아 엄마 뒤에 숨어있던 선아의 손을 갑자기 잡으려고 했고 선아는 놀라 소리를 질렀다. 보다 못한 선아 아빠가 미란이 아빠 팔을 잡고 밀쳤다.

"어! 어! 이 새끼가! 너 나 쳤어?"

넘어진 미란이 아빠는 고개를 돌리며 주변을 살피더니 선아네 정육점과 옆 과일가게 사이에 만물상 노점에서 잡히는 대로 물건을 집어던지기 시작했다. 그러더니 급기야 드라이버를 들고 휘두르기 시작했다. 모여든 구경꾼들 사이에서 나이 든 여자들의 비명이 들렸고 몇몇 상인들은 '신고해'라는 말을 하며 재빨리 가게로 들어갔다.

"선아 아빠!!!"

선아 엄마는 드라이버를 휘두르는 미란 아빠의 모습에 놀라 선아 아빠를 불렀고 선아는 몸을 떨며 그대로 엄마 뒤에 숨어있었다. 시장 안이 어수선해지고 신고를 하겠다는 사람들이 많아지자 미란이 할머니가 상인들 사이에서 나왔다. 그리고 미란이가 크게 울기 시작했다. 선아는 엄마 옆구리에 얼굴을 묻었다가 잠시 미란이를 바라봤다. 미란이는 할머니 뒤에서 울며 오른팔로 눈을 가린 채로 마른 몸을 벌벌 떨고 있었다.

"아이고. 정식아!!! 미안해요 선아 아빠. 아니 동네 사람들!!!! 신고하지 말아요! 미안해요! 정식아. 정식아. 가자. 아니래. 미란아 가자."
"아빠 가자!!"

미란이는 할머니 뒤에서 울며 제 아비를 불렀다. 미란이 할머니가 울부짖는 소리에 동네 사람들은 뒷걸음질 쳤다. 선아 엄마가 말 없이 선아 아빠의 팔을 잡아끌었다. 그리고 주머니를 뒤적여 만원

지폐를 있는 대로 꺼내 미란이 할머니 손에 쥐었다.

"미란이 할머니. 미란이 병원비 쓰세요."

선아는 참을 수 없어 소리를 질렀다.

"엄마!!! 아니라고!! 내가 안 했어!!!!"

소리쳐도 소용이 없었다, 선아는 그제야 눈물이 터졌다.

"아니라고! 아니야!! 내가 그런 게 아니야!"

선아 엄마는 들은 채도 하지 않고 미란이 할머니에게 돈을 쥐어 돌려보내며 고개를 숙였다. 그 모습을 구경하던 구경꾼들이 바라보며 웅성거렸다.

"엄마. 내가 안 그랬어!!"
선아는 소리를 질러댔지만 선아 엄마는 아랑곳하지 않았다. 억울하기도 하고 속상한 마음에 소리를 지르며 울었지만 달라지는 것은 없었다. 선아 엄마와 아빠는 주변 상인들에게 죄송하다는 사과를 하고 평소보다 가게를 빨리 정리하고 문을 잠갔다. 친한 상인들이 선아네 집에 들러 무슨 일인지 물었지만 딱히 설명할 일도 아니었다. 선아 엄마는 입을 꾹 다물고 슬픈 표정을 하고 있었다. 선아의 억울함이 가시지 않은 채로 가게 안 작은방의 불이 꺼졌고 선아는 한참을 더 울다 깜빡 잠이 들었다.

깜깜한 방에서 눈을 뜬 선아는 고개를 돌려 작은방 안을 둘러봤다. 엄마와 선아뿐이었다. 선아가 엄마를 끌어안자 선아 엄마는 잠결인지 아니면 애초에 잠을 자지 않았던 건지 선아를 바짝 끌어안았다. 잠시 방 안이 더 고요했다.

"엄마 내가 안 그랬어. 거짓말 아냐"

선아의 말에 선아 엄마는 대답 없이 선아의 등을 토닥였다. 선아는 미란이가 자신을 뒤따라 나오던 모습이 떠올랐고 중심을 잘 잡고 걸어오는 모습을 기억했다. 그리고 붕대를 감고 있는 미란이의 다리도 떠올렸다. 엄마가 아빠를 부르는 소리가 귓가에 맴돌았고 선아는 눈을 감고 있어도 무서워 몸이 떨렸다. 선아는 엄마를 더 세게 끌어안으며 말했다.

"엄마 나 이제 거짓말 안 해. 정말이야. 거짓말 아니야."
"아가. 알아. 다 알아."

선아 엄마는 나지막하게 알고 있다고 말했다. 선아는 엄마의 말에 웅크렸던 몸이 펴지는 듯했다. 선아가 미란이를 다치게 한 것이 아니라는 것을 알고 있다는 말은 용서한다는 말로 들렸다. 부반장이 되었다는 거짓말까지도 모두 용서한다는 의미 같았다. 걱정하고 고민했던 일들이 순식간에 사라져버렸다. 선아는 눈을 크게 뜨고 깜깜한 방에서 엄마의 얼굴을 찾았다.

"엄마 내일 미란이가 학교에 소문내면 어떡해? 내가 한 게 아닌데 내가 했다고......"

엄마는 더 이상 대답이 없었다. 선아는 대답을 듣지 않아도 괜찮았다. 선아가 안심한 듯 눈을 감자 몸을 떨게 했던 불안이, 내내 짓누르고 있던 걱정이, 거기에서 몰려왔던 잔인한 외로움의 덩치가 작아졌고 캄캄한 방 한구석에 몸을 숨기는 것이 보였다. 첫 번째 아홉 살에 알게 된 것들은 흔적 없이 사라져버리지 않고 어두운 작은방 한구석에 숨어버렸지만 괜찮았다.

묘
목

이
상
미

　"아빠, 아직 멀었어요?"

　"응 조금 더 가야 하는데?"

　"아, 빨리 도착하고 싶은데. 저는 가서 엄청 큰 앵두나무를 고를
거예요."

　"왜 하필 앵두야?"

　"앵두는 작고 동글동글 귀여워요. 입안에서 굴리면 톡톡 터지는
게 재밌어요."

　"또 새콤새콤 해서 좋아요."

　"아빠, 아빠 이제 다 왔어요?"

　"응 거의 다 왔어. 곧 도착이야."

출발해서 본 것이라곤 쌩쌩 달리는 자동차와 양 옆 널따란 회색 가로막만 있어서 꽉 막히는 느낌이었는데 고속도로를 벗어남과 동시에 가로막이 사라지자 숨통이 트였다.

길옆으로 초록색을 띈 나무들이 줄지어 늘어섰고 저 멀리 옹기종기 모여 있는 비닐하우스도 보였다. 차는 비닐하우스를 향해 움직였고 흰 바탕에 초록색 글자로 나무시장이라 적힌 간판이 보였다. 드디어 목적지에 도착했다.

"앵두나무는 어디에 있어요? 아빠 빨리 찾아봐요."

"잠시만 기다려봐."

아빠는 관리인을 찾고자 눈앞에 보이는 비닐하우스 안으로 들어섰다.

"안녕하세요. 묘목 보러 왔는데 어디로 가야하나요?"

"네, 안녕하세요. 어떤 묘목 찾으실까요?"

"앵두나무요."

아들은 오동통하게 튀어나온 배를 내밀며 아빠 대신 대답했다.

"이쪽으로 오시겠어요?"

"아빠, 삼각형처럼 생긴 나무는 뭐예요?"

아들은 초록색을 띈 뾰족하고 길쭉한 나무를 가리켰다.

"어디보자. 황금측백이라고 하는 나무래."

"아빠, 저건 무슨 나무예요?"

뿌리가 돌돌 말려 엎어진 나무도 가리키며 물었다.

아들은 이동하면서 질문을 했고 다양한 나무들을 보자 앵두나무는 얼마나 근사할까 하는 기대감에 발걸음이 가벼워졌다.

"앵두가 어디 있어요? 치. 나무들이 왜 이렇게 삐쩍 말랐어요? 볼 것도 없잖아."

아들의 볼은 개구리 볼 주머니처럼 부풀었다 가라앉기를 반복했다.

"아직은 작은 나무라서 그래요. 그래도 나중에는 친구보다 더 클 거예요."

"그리고 이 나무는 꽃도 피는걸요?"

"꽃이요? 앵두는 과일인데 왜 꽃이 펴요?"

"찍어 놓은 것이 있는데 사진 한번 볼래요?"

핸드폰 속 사진에는 정중앙에 분홍빛. 그 주위로 하얀 잎을 가진 꽃들이 가지 하나하나에 잔뜩 펴 있었다. 그 모습이 꼭 팝콘을 연상케 했다.

"우와, 꽃이 엄청 많아요. 하얘요. 앵두는 빨간데 이 꽃은 하얘. 아빠도 한번 보세요."

"어디보자. 진짜 하얗구나."

"아빠, 저 빨리 꽃 피는 거 보고 싶어요. 빨리요. 빨리."

"그 꽃을 앵두꽃이라고 부르는데, 그 다음에 열매가 열려요."

"그럼 얼마나 기다려야 하는데요? 오래 걸려요?"

"전 오래 기다리기 싫은데."

"음. 튼튼한 나무 고르는 법 있는데 알려줄까요?"

"튼튼하면 우리 친구처럼 금방 자라지 않을까요?"

"네. 좋아요. 알려주세요."

"자, 여기 나무 끝을 보면 이렇게 잔뿌리들이 있어요. 이 잔뿌리들이 많고 가지가 고루고루 뻗어 있는 게 튼튼한 나무인데, 친구도 집에 가져갈 나무를 한번 찾아볼까요?"

"잔뿌리가 많은 거 .잔뿌리가 많은 거." 아들은 중얼 거렸다.

"그리고 여길 만져보면 동글동글 하죠? 이걸 눈이라고 하는데 제 각각 크기가 달라요. 눈이 큰 걸로 찾아야 해요. 한번 찾아볼까요?"

"아버님은 나무 심는 방법 알려드릴게요. 이쪽으로 오세요."

"잔뿌리 많고. 눈이 큰 것."

아들은 눈을 게슴츠레 뜨고 나무를 하나하나 꼼꼼하게 살폈다.

그 모습은 마치 탐정이 범인을 찾기 위해 탐정수사 하는 것처럼 진지해 보였다.

설명을 다 들은 아빠는 지금도 고르고 있는 아들을 향해 말했다.

"아들, 다 골랐어? 고른 거 한번 볼까?"

"아빠, 고르긴 골랐는데 어려워요."

"제가 한번 볼까요? 음. 잘 고르기는 했는데 여기 이 나무 보이죠?"

"이 부분을 자세히 보면 상처가 있는데 이건 벌레가 낸 상처라 튼튼하지 않아요."

아들은 가재미눈을 하고 관리인의 손끝을 따라갔다.

손끝엔 1cm 가량의 쭉 그어진 상처가 보였다.

"그래도 아까 말해준대로 잘 골랐어요. 똑똑한 친구네요?"

"에헴. 감사합니다."

"그럼 이 나무 2그루랑. 아들 우리 다른 것도 보러갈까??"

"네, 좋아요. 아빠 꽃도 보러가요. 꽃 보고 싶어요."

"그래, 그럼 좀 더 둘러보고 집에 가자."

아빠의 손에는 아들이 고른 앵두나무 묘목 2그루와 꽃은 펴있어야 한다며 고른 짙은 노란빛을 띄는 장미모종이 들려 있다.

"아들, 오늘 어땠어? 여기 오길 잘했지?"

"네, 아빠. 빨리 가서 제가 고른 나무 심어요. 누나한테 자랑해야지."

"그래그래, 빨리 가서 누나랑 같이 아들이 고른 나무 심자."

집에 도착 후 차에서 내리는데 미리 기다리고 있던 건지 누나가 바로 뛰어나왔다.

"아빠, 나무는요?"

"이놈. 아빠한테 인사 먼저 해야지."

"아빠, 잘 다녀오셨어요?"

누나가 헤헤 웃으며 말했다.

"그래, 학교는 잘 다녀왔고?"

"누나. 나무 내가 골랐어. 튼튼한 나무 고르는 법도 배웠어. 알려줄게 빨리 가자."

아빠 뒤로 고개를 빼꼼 내밀며 아들이 말했다.

"정말? 네. 학교 잘 다녀왔습니다. 알려줘."

아들과 누나는 곧장 집 앞 마당으로 향했다.

그러곤 구입해온 나무들의 포장지를 벗겨내어 살펴보았다.

"응? 이거 앵두나무 맞아? 왜 이렇게 작아?"

누나는 실망한 목소리로 말했다.

누나의 반응이 아들과 똑같아서 아빠는 구덩이를 파면서 피식 웃었다.

"에헴. 누나야. 내가 설명해줄게."

"아직은 애기 나무라서 그렇대. 근데 나중에는 꽃도 핀다?"

"꽃이 핀다고?"

아들은 아까 들었던 나무 고르는 법을 누나한테 선생님이 학생한테 가르쳐주듯이 하나씩 말해주었다. 물론 중간에 기억 안 나는 부분은 아빠한테 쪼르르 달려가서 물어봤지만 괜찮다.

"그래서 이거랑 이거, 내가 고른 거야."

"나도 같이 갈걸."

동생의 얘기를 들어보니 재밌었나 보다.

"다음에 같이 가자. 처음 보는 나무들도 엄청 많았어."

"애들아, 이제 이쪽으로 오렴."

아들과 누나가 가보니 마당 한 켠에 파 놓은 구덩이가 보였다.

"흙을 구덩이 안에 펴줄거야. 한번 해볼래?"

"이렇게요?"

"그렇지. 그런데 뿌리듯이 하는 게 아니고 고루 펴주는 게 중요해."

"그 다음에는 아빠가 나무를 구덩이 안에 넣으면 나머지 흙을 채워주면 되거든? 도와줄래? 흙이 구덩이 위로 올라오면 그땐 손으로 꾹꾹 눌러야 해."

"아빠, 이렇게요?"

"그럼. 잘하는데? 좀 더 세게 눌러볼래?"

아빠는 나무시장에서 들은 대로 묘목을 살며시 위로 당겼고 아이들은 흙을 채웠다.

"물을 가져와 줄래?"

아들과 누나가 물을 가지러 간 사이 아빠는 나무 주위에 골을 파 주었다.

그리고 수분이 날아가지 않게 잊지 않고 흙과 나뭇잎으로 덮어주었다.

"아빠, 물은 제가 줄래요."

"저도 누나랑 같이 줄게요."

"그럼 앞으로 앵두나무 물주는 건 아들과 딸이 해볼래?"

"네, 그럼 학교 다녀와서 매일 물 줄게요."

"저도 매일 줄게요." 누나를 따라하며 아들이 말했다.

"앵두나무는 매일 물주지 않아도 돼."

"그럼요?"

"너무 많은 애정은 오히려 나무를 아프게 할 수도 있어. 물주는 게 다가 아니야."

"매일 물주는 것 보다는 매일 들여다보고 흙이 건조해 보이면 그 때 주면 돼"

"그럼 앵두나무는 아들과 딸이 담당하는 거다?"

"네. 그러면 이 나무는 내 나무야."

아들은 7개의 가지 중 2개는 왼쪽으로 휜 나무를 콕 집으며 말했다.

그에 반해 누나의 나무는 모두 곧게 뻗어있고 가지 수도 배로 많은 나무였다.

"집에 오면 매일 나무부터 확인해야지."

"아, 빨리 예쁜 앵두꽃도 보고싶다."

"앵두는 언제 열릴까?"

"오래 걸릴까?"

아빠는 아이들이 나누는 대화를 물끄러미 지켜보다 덧붙였다.

"애들아, 나무에 이름을 지어주는 건 어떠니?"

"이름이요?"

"응, 이름. 식물들도 애정을 가지고 이름을 불러주면 다 알아듣는다고 해."

"좋은 말을 들려주면 꽃도 피고 잘 자라지만, 안 좋은 말을 들려주면 죽기도 해"

"이름을 불러주고 관심을 가져주면 좀 더 빨리 자라지 않을까?"

"계속 이름 불러주면 그만큼 더 친근해지기도 하고, 앵두도 많이 줄지도 몰라."

"앵두 많이?"

"좋아요. 이름을 뭐로 짓지? 누나 이름 정했어?"

"아니, 아직. 좋은 이름 뭐가 있는지 검색해봐야겠다"

"아, 이름표도 만들어야지"

누나는 한껏 설레는 표정으로 집 안으로 뛰어 들어갔다.

"누나. 나도 같이 가. 나도 찾아볼래."

"들어가자마자 손부터 씻는 거 잊지 말고."

"네에"

"원 녀석들. 나도 이름을 지어볼까? 뭐가 좋으려나."

2023년 3월 30일

오늘 앵두나무를 심었다. 나무 이름은 앵도리라고 지었다.
앵도리야. 앵두 많이 줘야 해.

2023년 4월 3일

학교 끝나고 앵도리 물을 주었다. 아직은 변화가 없다.

2023일 4월 8일

앵도리에 꽃이 폈다. 연분홍색 벚꽃처럼 생겼다.
이상하다 사진에서 본 꽃은 하얬는데?

2023년 4월 16일
일주일 정도 피던 꽃이 져버렸다.
이제 앵두 나오나?

2023년 5월 3일
기다리는 건 너무 힘들어.

2023년 5월 7일
열매가 나왔다. 그런데 빨간색이 아니다.
더 기다려야 한다.

2023년 5월 14일
드디어 동글동글 귀여운 빨간 열매가 나왔다.
기다리는 건 어렵다.

그럼에도 불구하고

전선민

*

2022년 10월, 한 여자 중학교의 국어 선생님으로 채용된 지 한 달 정도 된 어느 날이었다. 퇴근을 한 후 치킨과 맥주를 포장해와서 요즘 즐겨보는 드라마를 보기 위해 노트북을 열었다. 개운하게 샤워도 했고 맥주도 너무 시원하고 정말 아주 행복했던 걸로 기억한다. 그때, 갑자기 밖에서 강한 빛이 보였다.

"번개인가?"

그 순간 숨 막히는 더위가 몰려왔고, 땀과 눈물이 쏟아져 나왔다. 책상 위에 올려놓은 맥주는 캔이 찌그러지며 맥주가 터져 나왔고, 치킨이 치킨 박스와 함께 재가 되어 녹아내리고 있는 나의 철제 책상에 묻었다. 땀과 눈물까지 버석하게 마를 더위에 숨이 막히는 고통과 눈에 보이는 두려운 광경들이 나를 좀 더 죽음으로 이끌고 있었다. 그렇게 몇 분 후, 갑자기 서늘해지며 정신이 살짝 들었다. 그렇게 급격하게 추위가 몰려오며 피부가 찢어지고 상처에 피가 났다. 아까까지 녹고 있던 책상과 전자 제품들이 그 모양 그대로 얼어붙어 괴이함이 방 안에 가득했다. 하늘은 보랏빛으로 물들어 갔고 극심한 더위와 추위가 계속해서 반복하며 세상의 절규도 점차 줄어들고 있었다.

*

정신을 차리니 병원이었다. 일어나서 듣게 된 이야기는 충격적이었다. 거의 100도씨 정도 차이가 나는 지구의 최고 온도와 최저 온도가 계속해서 급격하게 바뀌는 상황이 3시간 정도 지속되었고, 지금은 그때보단 기온이 안정되었지만 영하의 온도에서 기온이 오르지 않고 있다는 것이다. 그리고 그로 인해 지구 생물의 절반이 죽었다.

사람이든 동물이든 식물이든 이 지구에 살던 모든 것들의 절반이.

정신이 돌아오면서 주변의 소리가 들렸다.

"속보입니다. '전 세계적인 이상 기후 현상이 일어난 지도 나흘이 지났습니다. 지난 사흘 동안 100도씨가 넘던 일교차에 사람, 동물, 식물 등 지구 생물의 절반이 죽는 피해를 입었습니다. 현재 영하의 날씨에서 영상으로 기온이 오르지 않고 있는데, 앞으로의 지구 기온과 피해 대책에 대해말씀해 주실 전문가분들을 모셔 봤습니다. 안녕하세요."

이게 무슨 소리인가 싶다. 뉴스가 들리는 걸 보니 내가 죽진 않았나 보다. 전 세계적으로 병원 인력은 부족하고 아픈 사람들은 넘쳐 난다는데, 병실 안은 조용하다. 몸을 슬쩍 움직이자 간호사 선생님께서 다가오셨다.

"환자분, 정신이 드세요? 여기가 어딘지 아시겠어요? 성함이랑 나이가 어떻게 되세요?"
"여기는 병원인 것 같고, 이름은 전선민, 26살입니다."
"환자분, 어디 불편하신 곳은 없으세요?"
"허리가 좀 아프고, 숨 쉬는 게 살짝 불편해요."

간호사 선생님의 빠른 말을 알아듣고 허겁지겁 대답하다가, 다행이라는 듯이 숨을 내쉬는 선생님을 따라 숨을 내쉬려던 찰나,이내 다시 간호사 선생님은 접힌 얇은 이불보 같은 것을 주시며 말을 시작하셔서 난 내쉬던 숨을 잠시 멈추고 선생님의 빠른 말에 집중했다.

"허리는 한의사 선생님께 말씀드릴게요. 그리고 숨 쉬는 건 지금 이상 기후 현상으로 모두가 불편해서 해드릴 수 있는 건 없고, 물 많이 드시고 들숨 날숨을 혼자 연습해 주세요. 지금 드린 게 숨쉬기 연습 설명서예요."
"네. 그리고 선생님 병실이 좀 추운데.."
"아 제가 두꺼운 이불하고 패딩 가져다드릴게요. 잠시만요. 누워 계세요."

빠른 걸음으로 가시는 간호사 선생님이 시야에서 사라지고 나서야 주위를 둘러봤다. 작은 병실에 사람은 나 포함 10명이었다. 모두 바닥에 깔려 있는 매트 위에 누워 이불에 돌돌 쌓여 있고, 몇 사람은 패딩을 입고 숨쉬기 연습을 하고 있었다. 나도 숨을 크게 쉬어봤는데, 가슴팍 쪽이 찢어지는 듯이 아팠다. 내가 아파하니 옆에 숨쉬기 운동을 하던 분이 나에게 말을 걸었다.

"혹시 담배 피우셨었나요?"
"네? 아니요."

조용한 이 공간에 어울리지 않는 또렷한 목소리로 나에게 다가

왔다. 공간에서 소리가 울려 메아리쳐 들리는 것 같기도 했다. 이 사람도 느꼈는지, 목소리를 낮추고 나에게 다시 말을 했다.

"저 앞에 파란 패딩 입고 자는 분은 숨 쉴 때 고통이 심하셔서 진통제 먹고 주무시고 계시는데, 흡연자 셨대요. 제가 병원 들어오고 나서 여러 사람들에게 물어봤는데, 담배를 피웠던 분들이 더 고통스러워하시더라고요."

"저 지금 아픈데 이것보다 더 심한 고통이라는 거죠?"

"저도 일어나고 얼마 안 됐을 때 많이 아팠어요. 근데 계속 숨쉬기 운동하면 괜찮아 지실 거예요."

"감사합니다."

가볍게 고개를 끄덕이며 감사 인사를 전한 후, 안내 책자라고 하는 이불보를 읽으려 한 번 펼쳐봤다. 아직 좀 어지러워서 글씨를 읽기 어려웠다. 눈을 크게뜨고감고를 반복하고 있는데, 옆 사람이 다시 말을 걸어왔다.

"저는 임향아예요. 24살이예요."

"저는 전선민입니다. 26살이예요."

"아까 간호사 선생님께 말씀드리는 거 들었어요. 언니라고 불러도 될까요? 전 향아라고 불러주세요!"

"좋아요. 향아 씨."

향아는 말을 할 때 제스처가 많았다. 손을 꾹 쥐거나 휘젓거나, 얼굴에도 손가락을 콕 찍기도 하며 말을 했다. 제스처만큼이나 표정도 다양했다. 눈을 크게 뜨기도 하고 눈이 다 감긴 것 같이 배시시 웃기도 했다. 아까 잠깐 들은 뉴스 내용으로는 전 지구적으로 엄청난 재난 상황인 것 같은데, 이런 상황은 그냥 일상 같다. 조용한 병실 안은 그녀의 밝은 에너지로 가득 찼다. 해가 쨍쨍한 봄 같았다.

*

숨쉬기 운동을 하다가 까무룩 지쳐 잠들어 얼마나 시간이 흘렀는지 가늠도 안 되던 그때, 숨넘어가는 울음소리가 들렸다. 나만 들은 건 아닌지 이 병실에 있던 모든 사람들이 일어나서 그 울음소리가 나는 곳을 찾았다. 그 소리는 병실 가장 구석 자리였다. 이불 뭉치인 줄 알았는데, 작은 아이였다. 간호사 선생님을 부르려 병실을 나서려던 차에 향아가 자신이 간호사를 불러오겠다 말하고는 나갔다. 나는 아이에게 다가갔다.

"안녕. 괜찮니? 지금 우는 거 힘든 것 같은데, 잠깐 나한테 기댈래?"

나의 말을 들었는지 못 들었는지 아이는 계속 울었다. 어떻게 해야 하지 고민하던 중에 2명의 간호사 선생님과 향아가 병실로 들어왔다.

"태희야. 선생님 봐봐. 숨 쉬어야 해. 태희야 숨 쉬어."

한 선생님은 태희의 등을 펴서 두들겨 주셨고, 한 선생님은 숨
쉬라는 말을 하며 앞으로 굽어지고 있는 아이의 손과 발을 주무르
고 계셨다. 이런 일이 이 병원에서 자주 있는 일인 듯 굉장히 자연
스러운 처치였다. 모두 태희라는 아이를 걱정하며 주위에 서서 아
이를 보려 기웃거렸다. 나는 뒤에 있던 향아 옆으로 자리를 옮겨서
그냥 상황을 지켜보았다. 옆에 있던 향아가 말을 했다.

"태희는 집에서 구조됐어요. 부모님이 돌아가시는 걸 목격했대요.
여기 왔을 때 태희도 몸이 많이 안 좋고 위험했어요. 지금 좋아져
서 우리 병실로 왔는데, 트라우마로 계속 울고 과호흡 오고 그래
요. 이 병원에 그런 사람들이 많아요. 함께 있던 사람들의 죽음을
목격한 사람들은 다들 잠도 잘 못 자고 힘들어해요. 우리 방에서는
저와 태희만 목격자라 우리 모두 태희를 걱정해요."
"저는 그 당시 기억이 없어요. 향아 씨는 괜찮아요? 그때 많이
혼란했죠?"
"네. 저는 지하철에서 구출됐는데, 정말 지옥이었어요. 저는 뭐,
괜찮더라고요."
"아, 힘.. 내세요."
"고마워요, 언니."

향아는 어제 먹었던 점심 메뉴를 말하듯 별거 아니라는 투로 어깨와 눈썹을 씰룩하며 이야기했다. 나는 그런 향아를 보며 의아함도 느꼈고, 왠지 모를 동질감도 느껴졌다. 대화가 끝나고도 향아는 그냥 싱긋 웃었다. 이곳의 누구보다 맑은 웃음에서 눈물이 보였다.

*

병원에서의 일주일이 지났다. 병원의 사람들은 숨 쉬는 것에 어려움을 느끼기에 큰 소리로 말을 잘 하지 않았기에 늘 조용했다. 또 병원에서는 환자들을 위한 여러 재활 프로그램을 준비하고 도와주었다. 지금은 오전 11시, 2층 병실 사람들의 30분 걷기 운동하는 시간이다. 각자 서로의 속도로 운동장을 걷는 시간이고, 나는 늘 향아와 나란히 이야기를 하며 걷는다. 걷다 보니 운동장 가운데 쪽으로 혼자 걸어가는 태희가 보였다. 나와 향아는 태희에게 가보자는 눈짓을 서로 주고받고 아이에게로 향했다. 태희는 평소에도 혼자 지내며 이야기를 잘 하지 않았다. 그런 태희에게 다가가고 싶었다.

"안녕. 태희야. 나는 전선민이라고 해. 우리랑 같이 산책할래?"
"안녕, 난 임향아야. 언니 알지?"

우리의 인사에도 태희와 여전히 땅만 보며 우리에겐 눈길도 주지 않았고, 대답도 들을 수 없었다. 하지만 태희의 걸음에 맞춰 우리는 함께 걸었다.

다음 날 우리의 걷기 시간에도 우린 서로 아무 말 없이 함께 걸었다. 그다음 날도 그다음 날도. 매일 당연하게 걸었다. 그렇게 한 달 째 서로 아무 말 없이 걷던 도중에 작은 소리가 들렸다. 낙엽이 있었다면 낙엽이 바스락거리는 소리겠거니 생각이 들었을 것이다. 이게 무슨 소리일까 생각하다가 소리 난 쪽으로 돌아 봤는데, 태희가 서 있었다.

"저.. 저는 태희예요."

태희는 손가락을 꼼지락거리며 힐긋힐긋 우리를 보며 말했다. 용기 내서 우리에게 말을 걸었다는 사실에, 나는 너무나도 감격스러웠지만 너무 과하게 표현한다면 부담스러울 수 있을 수 있으니까, 숨을 작게 쉬고 이야기했다.

"나는 전에 이야기했었는데, 전선민이야. 반가워."
"나는 향아! 향아 언니라고 불러!"

태희가 우리에게 말을 건 이후로 우리 셋은 정말 많은 이야기를 하고 늘 붙어 다녔다. 태희는 14살, 나와는 띠동갑이었다. 그래도 우리 3명은 동갑 친구처럼 놀았다. 숨쉬기 운동도 매일 함께 하고, 침묵의 007빵이나 젓가락 게임을 하곤 했다. 이거 나도 어렸을 때 하던 건데 이 친구들도 재밌게 한다. 놀 거리가 없어서 그럴 수도 있고, 함께해서 그럴 수도 있고.

그냥 그렇게 병실에서의 시간들을 보내던 어느 날, 갑자기 세상이 어두워졌다. 태희는 겁에 질려 떨고 있고, 향아는 티는 안 내지만 놀라 보인다. 나는 이 둘을 끌어안고 무슨 일인지 주위를 둘러보고 있었다. 그렇게 얼마나 시간이 지났을까, 내 느낌으로는 5분은 지났을 때쯤이었다. 간호사 선생님께서 병실에 촛불을 한 아름 안고 들어오셨다.

"여러분. 정전입니다. 밖은 평소와 같은 정도의 회색이고, 오후라 더 어두워진 것뿐이니까 걱정 마세요. 정전은 언제 해결될지 몰라서 초를 가져왔어요. 이 병실에서 두시고 사용하세요."

오늘도 어김없이 빠른 속도의 말로 이야기를 하시고는 빠른 걸음으로 병실을 나가셨다. 병실 사람들은 안심을 하고는 초가 필요한 사람들은 초를 챙기고, 그냥 어두워진 김에 자겠다는 사람들은 잠을 청했다. 나는 안고 있던 아이들을 바라보며 이야기했다.

"괜찮대. 그냥 정전이래. 우리 촛불 하나 켜고 이야기할까?"

향아와 태희는 여전히 무서운 듯했지만, 조심스럽게 고개를 끄덕였다. 나는 초를 가져와서 우리 가운데 두었다.

"수련회 온 것 같다. 나 어렸을 때는 꼭 이렇게 촛불을 가운데 두고 이야기하는 시간을 가졌었거든. 향아도 해보지 않았나? 태희는 아직 수련회 가본 적 없지?"

"나도 어렸을 때 해봤지! 촛불 들고 이야기하면 거짓말 안 하고 솔직하게 이야기해야 한다는 규칙이 있어. 태희야 해볼래?"

"좋아. 근데 나 거짓말 한 적 없는데?"

우리는 그렇게 둘러앉아서 평소처럼 서로 농담하고 장난치며 이야기를 했다. 그러다 시계를 보니 시침이 1시를 가리키고 있었다. 그때 향아가 평소와 다름없는 목소리로 말을 시작했다.

"나는 성악을 전공 중이야. 4학년이었어. 재앙이 오기 직전까지는. 나는 어렸을 때는 부모님과 이탈리아에서 살았는데, 중3 때부터였나 혼자 한국에서 살았어."

무슨 이야기를 하는지는 몰라도 평소와 다른 분위기를 풍기는 향아에게 우리는 좀 더 귀를 기울였다.

"나 어렸을 때부터 성악도 가르쳐 주시고 이것저것 다 가르쳐 주시는 선생님이 계셨거든? 사실 거의 엄마라고 볼 수 있지. 부모님은 바쁘셨고, 선생님이 학교도 데려다주시고 밥도 같이 먹었으니까. 우리 그 재앙이 왔던 날 있잖아, 그날도 선생님이랑 연습을 했었어. 내가 곧 졸업 공연이 있었거든. 근데 잘 안됐어. 노래도 안 되고, 연습도 안 되고, 집중도 잘 안되고 뭐 그럴 때가 있잖아. 근데 그 짜증을 선생님한테 내가 냈던 거야. 그러고는 그냥 전철 타고 집으로 돌아가는데 그런 재앙을 맞이한 거야."

향아는 숨을 크게 쉬었다. 말하는 내내 숨이 갑갑한 듯 큰 숨을 쉬었고, 몸과 목소리가 벌벌 떨렸다. 계속해서 숨을 쉬어서 진정을 하려 했지만 맘처럼 안 되는 것 같았다. 나는 향아의 손을 꼭 잡았다. 진정되면 말해도 된다고 전하고 싶었다.

"선생님이 어떻게 됐는지는 모르겠어. 전화도 이제 안 되고, 내가 전철 안에서 봤던 분들처럼 돌아가셨는지, 다른 병원에 계시는지. 내가 진짜 나쁜 딸인 게, 우리 엄마 아빠는 안 궁금한데, 선생님께 너무 죄송하고, 보고 싶어."

향아는 그 말을 끝으로 큰 숨을 쉬었다. 나랑 태희는 말없이 향아를 안아 주었다. 향아는 오래 울었다. 태희도 조용히 눈물을 흘리고 있었고, 향아는 큰 숨을 몇 차례 더 쉰 후, 괜찮다는 듯이 어깨와 눈썹을 으쓱이며 우리를 바라봤다. 향아의 그런 모습에 나도 갑자기 나의 이야기를 시작했다.

"사실 난, 그 당시의 기억이 안 나. 그래서 그때 어떤 상황이 있었는지 잘 몰라."

잠시 숨을 고르고, 나의 이야기를 이어갔다.

"나는 부모님이 어렸을 때 돌아가셨어. 우리 가족 세 명이서 차를 타고 할머니 댁에 가고 있었는데, 음주운전 차량에 교통사고를 당했어. 나만 살았지. 그때 내가 11살이었나? 뭐 그쯤이었어. 할머니가 날 돌봐 주셨는데, 할머니도 내가 16살 때 돌아가셨어. 고등학교는 기숙학교를 가면서 그때부터 독립해서 살았어."

나는 숨을 크게 쉬었다. 부모 없다는 이야기를 할 자신이 없어서 친구를 사귀어도 깊이 있게 관계를 맺지 못하고 지난날들을 살아왔다. 처음으로 이런 이야기를 여기서 꺼내고 있다.

"사실 나는 지금 보고 싶은 사람은 없어. 아, 있다. 우리 학교 학생들. 나 중학교 국어 선생님이거든. 학생들이 보고 싶은데, 얼굴이 잘 기억이 안 나네."

기억도 안 나고 눈물도 안 나는 나의 모습과, 내가 자발적으로 나의 이야기를 꺼내고 있는 이 상황이 나에게는 부자연스럽고 이상하게 느껴졌다. 내가 느끼는 이상함을 다른 사람들은 못 알아차리길 바란다는 생각을 하고 있는데, 태희의 작은 목소리가 들렸다.

"저는 8살 때부터 검도를 배웠어요. 늘 검도장을 다녀오면 씻고 가볍게 과일이나 삶은 계란 같은 걸 먹으면서 가족 다 같이 드라마를 봤어요. 그날은 검도가 끝나고 피자를 먹자고 해서 피자를 먹으며 드라마를 기다리고 있었어요."

나와 향아는 이미 태희의 양손을 잡고 우리는 좀 더 가까이 앉아 있었다. 태희는 우리의 손을 꽉 잡으며 다시 말을 이어 갔다.

"드라마가 80초 있으면 시작한다는 걸 보고는 얼른 화장실을 다녀와야지 생각했어요. 근데 화장실을 못 가고 재앙을 만났어요. 하늘이 보랏빛으로 바뀌었고, 집에 있는 모든 것이 녹았어요. 치킨도, TV도. 그리고 엄마와 아빠를 봤는데, 얼굴이 녹는 것 같이 일그러지면서 숨이 막혀 괴로워했어요. 그렇게 고통에 몸부림치다가 돌아가셨어요. 저도 숨도 막히고 힘들었는데, 엄마, 아빠의 모습을 보는 게 더 고통스러웠어요. 그렇게 정신을 잃었는데, 전 살았죠."

말을 하다가 울 것 같았는데, 목소리가 처음보다 좀 더 커졌을 뿐 담담하게 말을 끝냈다.

"저는 왜 살았을까요? 왜 살아서 저는 고통스러울까요?"

우리는 아무 말도 하지 않았다. 난 어떤 말을 해야 할지 몰라 아무 말도 하지 못했다. 살아서 다행이라고 해야 할까? 그래도 살아가야 한다고 이 작은 아이에게 어떻게 이야기할 수 있을까. 그냥 아무 말 없이 이 친구들을 꼭 끌어안아 주는 것이 내가 할 수 있는 최선이었다.

*

병실에서 생활한지도 반 년이 넘었다. 매일 약을 먹고 재활 운동을 하며 컨디션을 되찾아 가며 하루하루 반복되는 어느 정도 지루한 날들이었다. 우리는 체력이 많이 좋아져서 30분 걷기 운동을 하던 것을 1시간으로 늘렸다. 또 자유 시간 동안 밖에 나가서 활동하는 것까지 허락을 받았다. 자유 시간에 나가서 하는 거라곤 우리가 머무는 A동 건물과 그 옆의 B동 건물 사이에 낮은 산턱 쪽에서 잡초나 쑥 등을 캐는 것이 전부였다. 이 아이들은 생명력이 정말 강해서 재앙 이후 가장 먼저 이 환경에 적응하고 있는 생명들이다. 또 우리의 가장 중요한 섭취원이다. 우리는 병실에서도, 운동장에서도, 걸을 때도 뒷산에서 잡초를 캘 때도 함께 있다. 숨쉬기 운동과 목 재활 운동을 가장 열심히 받는 향아는 요즘 노래를 종종 부른다. 향아가 가장 좋아하는 노래이자, 이번 졸업 공연에서 마지막 곡으로 부르려고 했던 노래라고 한다. 전부 이탈리아 말이라서 못 알아듣지만 부르는 향아의 표정과 몸짓만 봐도 기분 좋은 음악이라는 것을 느낄 수 있었다. 오늘도 흥얼거리며 잡초를 캐는 향아에게 태희가 말을 걸었다.

"언니, 그 노래 제목이 뭐라 그랬지?"
"'Distinto e di cuore'."
"디스틴토 에 디 꿔레. 오케이"

들리는 대로 정확하게 발음하는 태희를 보며 우리는 웃었다. 사랑스럽지 않을 수 없었다. 향아는 이 노래에 대해서 설명을 시작했다.

"이 노래가 어떤 곡이냐면 삶이 즐겁고 본능적인 마음 그대로 자신을 믿고 따른다! 그런 내용의 곡이야."
"왠지! 뭔진 몰라도 에너지 넘치는 응원가 같은 느낌이었어."

쑥을 한 주먹 가득 쥔 태희가 눈을 빛내며 이야기했다.

"응. 그래서 내가 좋아해. 어디에 있더라도 내가 좋아하는 것이 있으면 그 존재만으로도 외로움을 이겨 낼 수 있다고 하면서 위로해 주는 곡이야. 그리고 나한텐 동기부여가 되기도 한 노래였지."

위로와 동기부여라고 하지만 눈은 바다 물결처럼 일렁였다.

"나 부모님이랑 떨어져서 지냈다고 했잖아. 선생님도 나에게 충분히 사랑해 주셨고 나도 선생님만으로도 충분했는데, 사실 엄마, 아빠가 좀 미운데도 보고 싶었어. 근데 어떡해. 뭐."

뭐 어쩌겠냐고 받아들이는 향아의 모습에서 향아의 어린 시절이 보이는 것 같았다. 외롭지만 표현하지 못하는, 너무 일찍 철들어버린 아이였다.

"근데 이 노래를 들으면 나한테 노래만 있으면 다 이겨낼 수 있을 것 같은 거야. 그래서 더 노래를 열심히 했어. 이 노래가 내 인생에 정말 큰 힘이야."
"고마워, 언니. 나도 이 노래가 힘이야!"

향아와 태희는 서로를 끌어안았다. 이 사랑스럽고 아름다운 모습을 카메라에 담지 못하는 것이 너무 아쉬웠다. 아쉬우면 아쉬운 대로 눈에 가득 담았다.

*

재앙의 시기 동안, 우리나라에서 가장 큰 이슈가 있었다면 연쇄 살인 사건이다. 우리 방 앞에 있는 로비에서 흘러나오는 뉴스 소리를 늘 듣곤 하는데, 오늘로써 4번째 사건이 일어났다고 전했다. 어린아이, 여자, 노인 등 약자들을 상대로 한 이 사건이 지금까지의 살인 사건과 다른 점은 피해자의 뼈만 남겨진 상태로 발견된다는 내용이었다. 뉴스에서 전문가들이 말하기로는 가해자는 혼돈의 시대에 미쳐 날뛰는 사이코패스일 것이라고 했다. 마치 토막 살인을 저지르던 범죄자들이 더 큰 자극을 원해서 이런 비이성적인 범죄를 저지르는 것이라 예측했다. 분석하는 내용을 듣기만 해도 속이 울렁거렸다. 가장 최근에 살해당한 피해자는 서울의 한 병원의 환자였다는 이야기까지 이어지며 병원 사람들이 동요하고 있다. 물론, 나도. 하지만 겁먹은 듯한 향아와 태희에게는 티를 내지 않으려 애썼다.

"괜찮아. 우리 병원은 큰 병원이고, 서울이면 여기 인천이랑은 꽤 머니까.."

향아와 태희는 겁은 먹은 듯하지만, 고개를 끄덕인다. 그때 간호사 선생님께서 후다닥 병실로 들어오셨다.

"여러분, 이번 사건으로 많이 동요되고 있는 걸 압니다. 병원에서도 밤 근무 인원도 늘리고, 보안에 만반을 기할 것입니다. 너무 걱정하지 마세요. 괜찮습니다."

말을 마무리하시고 금방 다시 빠르게 나갈 줄 알았는데, 간호사 선생님께서는 가만히 서서 우리를 바라보시며 천천히 미소를 띠셨다. 우리는 선생님의 의외의 행동에 좀 놀라긴 했지만, 우리도 미소를 보이며 고마움을 전했다.

간호사 선생님께서는 저녁 식사 시간에 다시 오겠다는 말과 함께 원래의 걸음 속도로 병실을 나서셨다. 병실 식구들은 그럼 그렇다는 듯이 웃음을 터트렸다.

*

긴장감으로 잠을 설치는 며칠이 지나고 이제 다시 긴장감이 떨어진 일상이 되었다. 우린 점심시간 전 걷기 시간에 걷기만 하는 것에 지루함을 느꼈다. 그래서 나는 새로운 제안을 해봤다.

"땅따먹기 해 본 적 있어?"
"땅따먹기가 뭐예요?"
"나는 해본 적 있지! 태희 안 해봤구나!"

나뭇가지로 바닥에 선을 그으며 룰을 설명했다. 태희는 처음 보는 놀이에 흥미를 가졌고, 뒷산에서 각자 맘에 드는 돌을 골라 왔다.

"언니들, 너무 신나. 얼른 해보자!"
"좋아. 그러면 태희부터 시작해 봐!"

우리는 산책 시간의 대부분을 땅따먹기에 사용했다. 오랜만에 새로운 활동을 해서 그런지 병실에 들어가는 우리 셋의 발걸음이 무거웠다. 체력을 위한 활동들을 하지만, 이 정도 활동은 아직 무리였다. 하지만 우리 모두 신이 나서 계속해서 땅따먹기 이야기를 했다.

오후 자유 시간에도 땅따먹기를 하려 했지만, 너무 힘들었기 때문에 우리는 병실에 나란히 누워서 이야기를 나눴다. 땅따먹기 같은 게임에 대해 더 많이 생각해 내는 게 주된 대화 내용이었다.

"언니들, 이런 게임 또 없어? 나는 핸드폰 게임만 해봐서, 지금 완전 새로워!"
"또 뭐가 있었는지 생각해 보자. 향아 너 뭐 기억나는 거 없어?"

향아를 바라보며 물었다.

"음, 뭐가 있더라. 아! 우리가 좀 더 체력이 좋아지면 술래잡기 같은 것도 하자."
"그거는 진짜 체력 좋아져야겠다."
"그게 뭔데, 언니들?"

태희는 신나서 자리에 앉았다. 우리를 바라보며 얼른 말해 보라는 듯이 눈을 반짝였다.

"술래를 한 명 정해서, 그 사람을 잡는 거야. 엄청 단순하지. 이

거는 뛰면서 돌아다녀야 해서 지금은 못 하겠다. 다음에 하면 되
지!"

"좋아!"

우리는 체력을 빨리 기르자는 이야기를 하며 누워 있다가 잠에
들었다. 체력을 기르기엔 우린 아직 멀었다.

*

몸이 무겁다. 방이 어두운 걸 보니, 저녁도 거르고 쭉 잠들었던
것 같다. 땅따먹기가 이 정도로 힘든 활동이었나, 새삼 몸이 약해
진 걸 느낀다. 향아랑 태희는 밥 먹고 자는 건지 궁금했다. 고개를
돌려 친구들을 둘러봤다. 모두 잘 자는 것 같다. 태희는 언제쯤 이
불을 뒤집어쓰고 자는 습관을 고칠지는 모르겠다. 웅크리고 자서
키가 안 클까 걱정이 돼고치자는 이야기를 하는데, 쉽지 않은 것
같다. 내일도 한 번 더 이야기해야겠다.

어제 일찍 잠들었던 덕인지 굉장히 일찍 눈을 떴다. 배가 고프
다. 물을 뜨러 병실 앞 로비로 나가기 위해 몸을 일으켰다. 향아는
목도리를 돌돌 말고 잔다. 이 모습을 볼 때마다 참 귀엽다는 생각
을 한다. 얼굴에 살도 하나 없이 마른 애를 보면서 눈사람 같다는
생각이 든다. 태희는 아직도 이불을 벗어던지질 못 했다. 내가 걷
어 줘야지.

태희에게 다가가서 이불을 걷으려 이불을 잡았는데, 이상하다. 이불을 꾹꾹 눌러 보는데, 싸한 기분이 들었다. 이불을 걷었는데, 태희가 없다.

*

병원은 태희를 찾기 위해 모두가 분주했다. 경찰까지 와서 병원은 아주 소란스럽다. 경찰은 태희의 옆자리이자 나에게 여러 질문을 했다.

"태희 양을 마지막으로 본 게 언제이신가요?"

"어제 저는 늦은 오후쯤에 잠들어서 저녁도 거르고 쭉 잤어요. 그리고 병실 안이 어두운 밤에 눈을 떴고, 태희가 이불을 둘둘 말아 쓰고 자는 걸 봤어요."

이야기를 하다 보니까 스스로 의아함을 느꼈다. 그때 태희는 있었나?

"태희가 원래 이불 속에서 자는 습관이 있어요. 늘 이불 안에 머리끝까지 넣고 구부린 상태로 자거든요. 그래서 밤에 봤을 땐 태희가 이불 속에서 자고 있다고 생각했는데, 그때도 있었는지는 잘 모르겠어요. 오늘도 이불을 걷기 전까지는 있다고 생각했거든요."

내 말을 들으며 받아 적는 경찰도 미간을 찌푸리며 고개를 갸웃한다. 그런 경찰에게 다른 경찰이 다가와서는 귓속말로 이야기를 전한다. 잘 들리진 않았지만, 경찰들이 급하게 나가는 걸 보니 뭔가 새로운 사실을 발견한 것 같다. 머리에 산소가 부족한 것 같이 어지럽다. 옆을 돌아 보니 향아도 어지러운 듯 무릎에 얼굴을 파묻고 있다. 나도 향아처럼 무릎에 얼굴을 기댔다.

그렇게 잠깐 잠이 들었던 걸까, 다시 웅성거리는 소리가 귀에서 울렸다. 아직 어지러움이 사라지진 않았지만 웅성 거리는 소리에 귀를 기울이며 고개를 들었다. 빠른 발소리가 들린다. 그 발소리가 점점 병실에 가까워졌고, 문을 열고 들어오신 간호사 선생님께서 나에게 다가오셨다.

"선민 씨, 향아 씨. 잠깐 나와 줄 수 있어요?"

나는 좀 멍했지만, 이내 고개를 끄덕이고 향아와 함께 간호사 선생님 뒤를 쫓아 간호사실로 들어갔다. 간호사실에는 경찰관 한 명이 앉아 있었다. 어지러운 것을 해결하지 못하고 움직여서 그런지 머리가 좀 더 계속 울리는 것 같다. 그런 우리에게 경찰관은 말을 한다.

"알아 본 결과, 어젯밤 12시에서 2시까지 태희 양의 병실인 202호 당직 간호사 선생님께서 사라지셨어요. 다른 간호사 선생님들의 목격으로는 202호에 들어간 이후 나오지 않으셨다고 했는데, 그대로 사라지신 거죠. 태희와 함께. 그리고 태희로 추정되는 유골을 병원 뒷산 중턱에서 발견했어요."

이게 무슨 소린지 이해가 가지 않는다. 향아는 바닥에 주저앉아 있고, 나는 관자놀이를 손가락 끝으로 누르며 이야기했다.

"무슨 말씀인지 모르겠어요."
"그게…"

간호사 선생님은 말 끝을 흐렸다. 눈을 꾹 감는 간호사 선생님 눈에서 눈물 한 방울이 또로록 떨어졌다. 경찰관이 말을 이었다.

"저희는 당직 간호사가 범인이라고 생각하고 추적하고 있습니다. 간호사 선생님 말씀으로는 태희 양이 두 분을 가족처럼 생각했다고 하셔서 따로 불러 말씀드려야겠다고 생각했습니다. 저희가 하루 빨리 범인을 꼭 잡도록 하겠습니다."

경찰관의 말소리가 귀에 들어오지 못하고 퍼지는 것 같다. 향아는 바닥에 누워 있고, 난 소파를 잡고 간신히 서있다. 난 이 상황을 이해하고 싶은데, 머릿속에서도 말들이 유리병 안에 갇힌 파리처럼 왱왱 돌아다닌다.

*

　며칠을 그냥 잠들고 그냥 깼다. 우리가 그렇게 바라던 산책 시간
은 향아와 눈도 마주치지 못하고 등 돌려 자는 시간이 되었다. 나
는 많이 울었다. 목 놓아 울었다. 그렇게 울다가 쓰러져 자는 것을
반복했다. 향아는 건조한 얼굴로 잠들어 있다. 그런 향아를 한참
보다가 고개를 돌려 반대편을 보니 이불이 잘 개어져서 정돈되어
있다. 자고 일어날 때마다 꿈이길 바랐는데, 이 믿기지 않는 일이
아무래도 사실인 것 같다. 코 끝이 찌르르하고 속이 콱 막힌 것 같
이 숨이 막힌다.

*

　며칠 뒤 소란스러운 병실 분위기에 잠에서 깼다. 병실 식구들은
다들 로비로 나가고 있었다. 그리고 이내 뉴스 소리가 조금씩 들려
온다. 나와 향아도 로비로 나가서 가장 뒤편에 서서 TV 화면에 집
중했다.

　"최근 계속해서 일어나 전 국민을 공포에 떨게 했던 '해골 살인
마'를 기억하실 겁니다. 이 살인마에게 죽임을 당한 피해자들이 뼈
만 발견되어 붙여진 이름인데요. 이 해골 살인마가 지난 새벽 2시

서울시 강남구 한 일대에서 붙잡혔습니다. 범인을 취조하며 범행 동기를 묻자 정말 놀라운 대답을 했다는데요. 현장에 나가 있는 이 범식 기자에게 이야기를 들어 보겠습니다. 이범식 기자."

화면이 바뀌었다. 강남서 앞에 서 있는 이범식 기자는 붙잡힌 범인에 대해 간단하게 설명하였고, 붙잡힌 채 기자들 앞에 얼굴을 드러낸 범인을 촬영한 영상으로 또다시 화면이 전환되었다.

"왜 범행을 저지르셨습니까?"
"배가… 고팠어요… 소도 먹지 말아라, 돼지도 먹지 말아라. 동물도 동물인데 우리도 살아야 하지 않습니까? 동물을 못 먹게 하는데 고기는 먹고 싶고, 그래서 그랬습니다. 배가 고픈데 어떡합니까?"

그의 대답이 TV에서 흘러나왔다. 로비에 있는 모든 사람들이 숨도 쉬지 않고 있는 듯이 아까보다 더 조용해졌다. 변해버린 환경에 식량난은 당연한 것이었고, 그래서 우리가 가축이라 불렀던 동물들의 번식을 위해 그들을 먹지 말자는 법안이 우리나라뿐만 아니라 전 세계적으로 조금씩 시행되고 있었다. 혼란스러운 상황이지만, 그럼에도 우리는 함께 살아가고 있었다. 근데 그 누구도 이런 동기로 살인이 자행될 것이라는 걸 몰랐을까.

"범인은 아무런 반성이 없는 태도를 보였습니다. 또 경찰은 범인이 한 명이 아닐 수도 있다는 점을 염두에 두고 계속해서 수사를 진행하고 있습니다. 살해를 직접 저지른 범인들과 피해자들을 거래했던 공범들에 대한 조사 또한 계속하고 있습니다. 지금까지 KBS 기자 이범식이었습니다."

범인이 잡히고도 조사는 계속되었다. 그리고 뉴스에는 해외에서도 이런 살인 사건이 많이 일어나고 있다는 소식도 전했다. 병실로 돌아와서도 모두 조용했다. 그 적막을 깬 건 나의 울음소리였다. 우는 나를 향아는 꽉 끌어안아 줬고, 이내 향아의 품에서 난 고통스러운 소리를 내며 슬픔을 표출했다. 나의 울음소리에 모두 눈물을 훔쳤다. 이 병실에서 울지 못하는 사람은 향아뿐이었다.

*

몇 달 뒤, 병원 사람들은 다시 로비로 모였다. 오늘은 전지구법 시행 날이다. 빠르게 시행할 거라더니, 정말 몇 달밖에 걸리지 않았다. 곧이어 뉴스의 시작을 알리는 노래가 흘러나왔고, 모두 뉴스에 집중했다.

"살아남은 세계의 리더들이 지금 이 지구의 혼란을 잠재우고 앞으로의 지구를 위한 규칙을 만들고자 제정한 '전지구법'이 오늘 날짜로 시행됩니다. '전지구법' 1조1항, '모든 생명은 소중하다.'를 시작으로 '육식 금지' 등을 포함하여 97조까지 제정된 이 법안은 우리나라의 헌법보다 앞서는 법안이 되었습니다. 항목 전체를 읽어드리겠습니다. 모두 귀 기울여 들어 주시기 바랍니다."

뉴스에서는 '전지구법'의 모든 항목을 읽어 주었다. 긴 시간 모든 항목을 들었고, 모두 납득했다. 전지구법을 제정한 세계 지도부는 '우리 지구에는 지구를 해하는 사람은 필요 없다.'는 슬로건을 내밀었다. 법안을 들어보니 그런 의지가 잘 보였다. 강력한 어조로 쓰인 전지구법을 곱씹었다.

"그리고 특보입니다. 우리 국민을 두려움에 떨게 했던 해골 살인마 4명 중 마지막까지 잡히지 않았던 범인이 오늘 경기도 한 병원에서 경찰에게 체포되었습니다. 이런 상황에서도 범인은 범행을 저지르려 병원에 침입했다가 병원 당직 선생님의 신고로 잡히게 되었습니다."

나와 향아는 서로를 끌어안았고, 난 기쁨인지 슬픔인지 모를 눈물을 흘렸다.

*

원래의 계절대로라면 여름일 8월이다. 추위에 익숙해졌다고 생각했는데, 특히나 더 추운 날이다. 몇 달 동안 몸이 많이 상한 나는 여러 검사와 진료를 받기 위해 옆 건물로 향했다. 검사를 여러 개를 받게 돼서 시간이 생각보다 오래 걸렸다. 선생님은 나에게 컨디션이 안 좋았기에 점심은 약만 먹는 걸로 하자고 하셨고, 약을 받은 후 건물에서 나왔다. 너무 추워서 입고 있는 패딩을 더욱 꼭 쥐고 총총걸음으로 나의 병실이 있는 병원 건물로 향했다. 병실로 가는 길에 우리가 함께 잡초를 캐던 뒷산이 보였고, 그 앞에는 우리가 땅따먹기 한다고 그어 놓았던 선이 보였다. 땅따먹기 한 날 우리 모두 즐거웠는데, 그걸 하루밖에 하지 못했다. 그리고 아마 난 평생 이 놀이를 하지 못할 것 같다.

나의 병실이 있는 2층으로 올라갔는데, 약간 어수선하다는 느낌을 받았다. 다들 추워서 이불 보충으로 정신이 없나 보다 하고는 202호로 향하는데, 더 어수선했다. 우리 병실 사람들이 모두 복도에 나와 있었고, 의사 선생님과 간호사 선생님들이 향아의 주변을 둘러싸고 있다. 향아는 숨 쉬는 걸 힘들어했고, 목구멍으로 흘려주는 물도 삼키지 못하고 있었다.

"향아야!"

갑자기 낸 나의 큰 소리는 갈라졌고, 햇빛을 못 봐 나의 하얘진 얼굴엔 핏대가 잔뜩 서 있었다.

"환자분 들어오지 마세요! 환자분도 복도에 나가 계세요!"

향아에게 닿겠다는 생각으로 움직이던 몸은 다른 병실 식구들에 의해 복도로 끌려 나가게 되었다. 내가 할 수 있는 건 향아를 부르며 우는 것뿐이었다.

*

아무것도 못 하고 지낸지 일주일이 되었다. 원래 컨디션이 안 좋았기에 그날의 울부짖음은 나에게도 큰 영향을 미쳤다고 했다. 이제 좀 밥을 먹을 수 있게 된 나에게, 수간호사님께서 찾아오셨다.

"선민 씨, 오늘 컨디션 어때요? 좀 괜찮아요?"
"네. 많이 좋아졌어요."
"다행이네요. 우리 1층 구석에 있는 휴게실 갈래요? 걸을 수 있어요?"
"좋아요."

생각해 보니 휴게실을 온 건 처음이었다. 작은 공간에 폭신한 갈색 소파가 테이블을 사이에 두고 디귿자로 배치되어 있었다. 그 뒤편 벽면에는 냉장고와 정수기가 나란히 있고, 정수기에서 물을 떠다가 소파에 앉아 있는 나에게 가져다주셨다.

"선민 씨. 요즘 잠은 잘 자요? 간호사 선생님들이 뒤척이지는 않는다고 하시던데."

"그냥 요즘 계속 자요. 자는데 크게 문제는 없어요."

"너무 다행이네요. 선민 씨 잘 잔다니까. 한동안 잘 못 잤잖아요."

"그러게요.

대화를 하고 있음에도 불구하고 휴게실 안의 적막은 지울 수 없었다. 정수기 입구에 고여 있던 물이 떨어지는 소리만이 이 공간을 채웠다.

나는 선생님이 주신 물을 한 잔 마시고는 간호사 선생님을 바라봤다. 그냥 새로운 공간에서 머리를 환기시켜주시려고 나를 데려오신 것 같다. 그런 선생님께 나는 물어봤다.

"향아는 왜 쓰러진 거였어요?"

선생님은 멈칫했다. 이내 업무할 때와 같은 표정과 말투로 나에게 대답했다.

"향아가 며칠 숨 쉬는 거에 어려움이 있다고 이야기했었어요. 재활 선생님과 숨쉬기 운동을 하기도 했는데 계속 힘들언했어요. 그러다가 과호흡이 심하게 온 거예요."

몰랐던 이야기였다. '나 혼자 아주 슬픔에 빠져 있었구나. 그럼에도 향아는 나를 위로했는데, 난 참 나만 알았구나.' 이런 생각이 들며 심장이 빠르게 뛰었고, 숨이 막혔다. 덜덜덜 떨리는 숨을 뱉으며 간호사 선생님께 말했다.

"선생님, 저 몸이 조금 힘들어서 그런데, 눕고 싶어서요. 병실에 올라가도 괜찮을까요?"
"그래요. 선민 씨. 저랑 같이 가요."
"네."

아무런 대화 없이 병실로 돌아갔다. 병실 문을 막 열려고 할 때, 간호사 선생님께서 날 불렀다.

"선민 씨, 괜찮을 거예요."
"그럼요."

가볍게 목으로 인사를 한 후, 들어온 자리에서 기절하듯이 잠들었다.

*

2034년 3월, 새로운 학년, 새로운 학기가 시작한 지 몇 주 밖에 되지 않았다. 아직도 새로움과 설렘으로 가득 찬 1학년 교실로 들어선다. 모든 학년에 학생이 20명이 넘지 않기 때문에 같은 학년은 같은 반이다. 그중 1학년은 고작 8명뿐이다. 이 아이들은 10년 전 그날의 이상 기후 현상에서 살아남은 아이들이다. 어리고 약한 존재일수록 급격한 기후 변화에서 살아남지 못했다. 그때를 잘 기억하지 못하는 아이들이 대부분이고, 후유증으로 몸이 아픈 친구들도 많다. 하지만 밝고 씩씩한 아이들이고, 내가 가장 사랑하는 아이들이다.

"얘들아, 주말 잘 보냈나요? 오늘 첫 시간 국어 맞죠? 다들 문학 책을 꺼내 봅시다."

작은 아이들이 한숨을 폭폭 쉬며 꼼지락꼼지락 책을 꺼낸다. 오늘 날씨도 우중충해서 다들 공부하기 싫은 게 분명하다. 하지만 모른 척하며 38페이지를 펴라고 이야기한다. 그럼에도 책을 꺼낸 학생은 둘뿐이다. 그때 맨 앞에 앉은 우리 반 반장 수민이가 이야기한다.

"오늘 문학 작품 예습했는데, 엄청 재밌던데요? 옛날 드라마에서 보던 내용이 나왔어요."

이 밝고 맑은 목소리에 다른 친구들이 책을 꺼내서 뒤적인다.

아이들의 모습에 활짝 웃으며 말했다.

"오늘 되게 흥미로운 작품을 함께 읽어 볼 건데, 제목은 바로 <별에서 온 그녀>입니다. 먼저 이 소설을 읽어 보고 왔다는 수민이는 어떤 내용이 가장 인상 깊었어요?"

"주인공들이 치킨이랑 삼겹살을 먹었어요. 아빠가 그러셨는데, 옛날에는 동물을 먹기도 했었대요."
"맞아요. 우리 이번 문학 작품으로는 등장인물들의 상황 변화뿐만 아니라 변한 식문화도 함께 알아볼게요."

10년 동안 정말 많은 것이 변했다. 우리는 과거의 인간을 육식 인간, 초식 인간, 잡식 인간 등으로 분류하였고, 현재의 초식 인간들이 과거의 육식 인간, 잡식 인간보다 얼마나 더 건강하고 이타적인지를 교육한다. 그래서 소설에 이런 내용이 나오면 헛구역질을 하는 학생, 어떻게 그럴 수 있었냐며 소리치는 학생, 궁금하다며 계속 이야기를 해달라는 학생 등 여러 반응이 나타난다.

"선생님도 먹어 봤어요?"
"무슨 맛이에요?"
"고사리 구이보다 맛있어요?"

아이들에게 어떻게 전달해 줘야 할까 고민을 하다가도, 괜한 호기심을 자극하거나 수업에 반감을 갖지 않도록 하는 답변을 한다.

"아니요~ 고사리 구이가 훨씬 맛있어요~"
"거짓말~ 근데 왜 먹어요!"

음식 맛에 대한 각자의 생각을 말하느라 교실이 시끌벅적해졌다. 잠깐 이야기를 하도록 내버려 둬야겠다는 생각으로 가만히 듣고 있었다. 내 눈에 담기는 아이들이 사랑스러웠다.

*

날씨와 반대로 활기차게 흘러간 시간이 벌써 퇴근을 가리켰다. 오후가 되면서 보다 따뜻해진 날 덕분인지, 밝은 아이들 덕분인지 컨디션도 오전보다 좋아진 느낌이다. 교무실로 돌아와서 퇴근 전 마무리를 한다. 내일은 실시간 온라인 강의로 수업이 진행되기 때문에 어둑해지는 하늘을 느끼며 퇴근 전까지 내일의 준비를 한다. 준비를 하던 중 옆자리 음악 선생님도 교무실로 오셨다.

"오늘도 수고하셨어요. 선생님"
"선생님도 수고하셨어요. 선생님 내일 수업 준비하세요?"
"네. 선생님은 내일 수업 없으세요?"
"네. 음악이 그렇죠."

음악 수업은 일주일에 3일만 있어서 나머지 시간은 학교 업무만 봐도 된다고 이야기하며 웃는다. 늘 생각하는 거지만 참 기분 좋은 웃음이다. 선생님은 다시 나에게 말을 건다.

"선생님, 컨디션은 어떠세요? 아침에 안 좋아 보이셨는데."
"아, 이제 괜찮아졌어요. 기운이 넘칠 정도예요."
"그럼 오늘 퇴근길에 맥주 한잔하실래요?"
"아주 좋죠!"

나도 밝게 웃으며 대답을 한다. 퇴근을 바쁘게 준비하는 선생님의 목에 걸린 명찰이 신나게 춤을 추듯 출렁였다. 그 명찰 속 '음악 임향아'라는 이름 또한 함께 흔들렸다.

소멸을 마주하는 사람들

계리

한때는 할머니가 영생을 살아가는 사람이 아닐까 생각했던 적이 있었다. 끝이 있음을 알고 있었지만 그러한 인지를 견지한 상태로 계속 지속될 줄 알았다. 이것은 어떠한 순수나 부정의 형태를 띠고 있지는 않았다. 그저 자연스러운 형태로, 그렇지 않을까 스스로 정의 내렸었다.

12월 중순, 나에겐 지표를 엑셀로 정리하는 업무가 주어졌는데 생각했던 것보다 양이 많아서 첫 야근을 했었다.

"퇴근 안 해요?"

"얼마 안 남아서 이것만 끝내고 가려고요!"

항상 첫 번째로 퇴근하던 나였다. 그런 내가 사무실에서 3분의 2

가 사라질 때까지 자리를 지키고 있었던 게 낯설었던 건지 놀라운 어투로 물었다. 내부망과 외부망을 수십 번 오가며 드디어 마지막 빈칸까지 채워졌을 때는 이미 사위가 어두워져있었다. 파일이 날아 가는 사태를 이미 몇 번 겪어온 나는 그러한 상황이 트라우마로 남아 은연중에 두려움이 자리하고 있었기에 저장 버튼을 몇 번이 나 클릭해댄 후에야 마무리할 수 있었다. 8시가 조금 넘은 시간이 었다. 일반적인 퇴근 시간을 넘긴 지하철 내부는 낯설 정도로 한산 했다. 야근으로 몸은 피곤했지만 집에 도착할 때까지 편히 갈 수 있다는 점은 마음에 들었다. 10분쯤 지나, 전화 한 통이 걸려왔다. 아빠였다. 그냥, 언제 오냐는 질문이 날아올 줄 알았기에 대수롭지 않게 수락했지만 아빠가 덤덤하게 던진 말은 '할머니가 돌아가셨 어.'였다. 평소의 질문보다 짧은 한마디였지만 그 말은 무게가 있었 다. 갑작스러웠지만 또 갑작스럽지만은 않았다. 얼마 전부터 할머 니가 위독하다는 말과 얼마 남지 않으셨단 말은 들었기 때문에 충 격받을만한 일은 아니었지만 나는 할머니가 다시 우리 집으로 돌 아와 나와 함께 할 시간 정도는 존재할 거라 굳게 믿어 타격이 컸 다. 사실 모든 죽음은 갑작스럽다. 얼마 남지 않은 시한부라는 통 보를 받았다 하더라도 시한폭탄처럼 내가 눈 감게 될 날이 오차 없이 표시되는 것은 아니기 때문이다. 어제 나와 대화를 나눴는데 갑자기, 어제 나를 안아줬던 사람이 갑자기 사라질 수도 있는 일이 었다. 그러한 통보를 받고 그저 멍해졌다. 아니, 조금은 초조했을지 도 모르겠다. 얼마 전에 지하철에서 이러한 상황을 마주한 사람을 보았다. 갑자기 걸려온 전화를 받고 누군가 돌아가셨단 말을 전해

듣고 그 사람은 울었다. 지하철 안의 모든 사람들이 그 사람에게 안타까운 눈빛을 보낼 정도로 펑펑. 하지만 나의 경우 눈물은 나지 않았다. 다만 무슨 정신으로 장례식장에 갔었던 건지는 모르겠다.

"급하게 왔어?"

아빠는 집에 들렀다오라는 말을 전했지만 난 바로 장례식장으로 향했다. 고모가 나를 반겨주었다. 돌아가신지 몇 시간도 안 되는 시점이었기에 아직 준비된 것이 없었고 한산했는데 동시에 조금 어수선하기도 했다. 나는 고모와 사촌 오빠, 그곳에 있는 사람들과 안부를 물었고 일상을 공유했다. 내가 발 딛고 선 곳이 장례식장이 아니었다면 아주 자연스럽고 단정한 한 장면이었을 테지만 그것은 적어도 당사자 입장에서 보통의 공간은 아니었다. 어른의 장례식장을 가본 것이 할아버지와 할머니. 총 두 번뿐이었기에 특정 감정이 올라와도 무시했으나 할아버지의 장례식에서 기묘함을 느꼈다. 그것은 어른들이 죽음을 대하는 방식이 너무 무덤덤하다는 것이다. 생명체의 죽음은 당연하지만 그저 일상적인 일 처리하듯 아무것도 아닌 것처럼 심지어는 편하게 그곳에 이르렀단 말을 내뱉는 게 이질적으로 느껴졌다. 할아버지의 돌아가신 해에 나의 나이는 14살이었기에 어른이 되면 모두 인간을 하나의 소모품으로, 소멸됨을 당연하게 여기게 될까 봐 그것을 두려워했다. 할머니의 장례식은 할아버지의 장례식과 다를 바가 없었다. 당연히 분위기가 유쾌하지는 않지만 그래도 슬픔이라는 것이 빠져있다는 게 여전히 못마땅했다. 어른들은 13년 전에 봐왔던 것과 같이 형식적으로 장례를 치렀다. 늦은 밤에 돌아가셨기에 첫날은 조문객을 맞을 일이 많지는 않았다. 장례식장 내부에 짧은 잠을 청할 수 있는 공간이 있었지만 나는 다음날 다시 오기로 하고 어른들만 남기로 했다.

　나는 대외적으로 울지 않는 사람이었지만 혼자 있는 시간에 많이 울곤 했다. 그날 밤도 집으로 돌아와 샤워를 마치고 할머니가 생활하던 공간을 가만히 바라보았다. 할머니의 흔적은 식탁 아래에 생생하게 실재하고 있었다. 잡음이 심하다며 불평을 하시던 라디오, 발목 쪽이 뜯어져서 버리려 했지만 결국 할머니가 입게 된 수면바지, 고모가 사준 금박이 가방, 유난히 꽃을 좋아하던 할머니께 내가 선물했던 꽃까지. 나는 늘 조용히 울었다. 어릴 적부터 소리 없이 눈물만 흘리는 형태로 운다고 자주 핀잔을 듣곤 했는데 그래서 그날도 조용히 울 줄 알았다. 하지만 소리 없이 눈물만 흘리다가 결국 오열해버렸다. 그날 밤 내가 서 있는 자리는 늘 누워계시던 할머니와 대화하던 자리였는데 소소하고, 쓸데없는 말을 건네고 그러한 손녀딸을 어이없어하며 웃던 할머니의 모습이 눈에 선했다. 하지만 이제 할머니는 나의 회상에서만 존재할 수 있다는 것, 그것을 인지한 순간부터 밤새 눈물만 흘렸다. 14살의 어린 나는 어른이 되면 죽음을 당연 시 여길까 두려워했지만 그러한 우려와 달리 가슴 한쪽이 뻥 뚫린 듯한 상실감과 주체할 수 없는 슬픔의 감정은 여전히 그대로였다. 그렇기에 더 이해할 수 없었다. 어째서 다들 나 같은 감정을 느끼지 않은 건지 어떻게 그렇게 형식적일 수 있는 건지 원망스러웠다. 한 번도 이러한 의문을 질문의 형태로 발화해 본 적이 없었다. 그에 대한 답이 '인간은 누구나 죽음을 맞이하니까.'라는 모진 말일까 두려웠기 때문이다. 침대에 눕고서도 계속 눈물이 흘러 베개가 축축해졌다. 그날은 아빠가 집에 오지 않아 다행이었다.

'피자 먹고 싶어.'

아주 오래전의 내가 보였다. 양갈래로 머리를 땋은 작고 어린 내가. 그 시절의 나는 할머니와 매주 치과에 갔었다. 가기 싫은 마음에 옷장에도 숨어보고, 세탁기에도 숨어본 전적이 있었지만 할머니는 나를 어떻게든 찾아내셨다. 치과에서 치료받는 동안 울먹거리는 나를 괜찮다며 달래주곤 손을 꼭 잡아주셨다. 그런 후엔 시장에 가서 장을 보고 떡을 사서 나눠먹는 여유롭고도 평온한 일상을 보냈었다. 시장에서 오는 길엔 한판에 5000원인 피자집이 있었는데 지나칠 때마다 고소한 치즈 냄새에 매료되었다. 어느 날은 그 피자가 너무 먹고 싶어 할머니에게 사달라고 졸랐었다. 피자집은 집에서 거리가 멀지는 않았지만 낮은 지대에 위치하고 있어 돌아올 때는 오르막길을 오르는 게 불가피했다. 할머니는 다음에, 치과 진료를 끝내고 사주겠다고 얘기하셨지만 어린아이의 보챔을 그리 쉽게 잠재울 수 있는 것이 아니었다. 잠시 낮잠을 자던 나를 깨운 건 어떤 고소한 냄새였다. 눈을 뜬 내 앞에는 김이 모락모락 나는 피자가 상 한가운데에 놓여있었다. 한 조각 집어 든 손에는 끈적한 감각에 뜨거운 온기가 전해졌고 고소한 치즈의 향이 후각을 자극했다. 정신없이 먹어치우는 동안 할머니는 문가에 서서 그런 나를 지켜보고 계셨다.

'맛있어?'

약간의 미소를 머금은 할머니의 물음에 나는 고개를 끄덕였다. 토핑이 듬성듬성한 것도 모자라 치즈도 발린 듯 만 듯 한 피자였지만 그 피자만큼 맛있는 피자는 없었다. 나를 지켜보는 할머니의 시선만큼이나 따뜻하고도 다정한 꿈이었다.

이튿날이었다. 아침 10시쯤 입관이 진행되고 본격적으로 조문객을 맞이할 거란 이야기를 들었다. 그날은 아침부터 눈송이가 가볍게 지면을 두드리기 시작했는데 이내 유례없는 폭설이 내렸다. 회색 아스팔트와 가장자리에 옹기종기 모인 차들에 새하얀 눈이 내려앉았고 장례식장 앞 인조 벚꽃나무에도 소복하게 쌓여있었다. 혹독한 추위가 기승을 부릴 계절이었지만 눈이 내린 탓에 온도가 높아져 조금은 온화했다. 온 세상이 하얗게 변한 바깥 풍경을 보니 기분이 이상했다. 나는 그저 그러한 감정을 느꼈지만 눈이 내리면 현실적인 문제가 하나 생긴다. 할머니와 나는 부산 사람이었기에 장례식에 오게 될 조문객도 거의 부산에 거주하는 분들인데 폭설로 인해 운행이 중단될까, 그것을 걱정해야 했다. 다행히도 조금 지연됨은 존재했지만 큰일은 생기지 않았다.

첫날 급하게 도착했을 때 느꼈던 텅 빈 공간의 어수선함은 잦아들었고 모든 게 빼곡하게 정돈된 상태였다. 테이블 위에 깔아둘 비닐, 워크인에 비치된 각종 음료와 술, 조문객을 위한 음식이 정갈하게 차려져있었다. 갓 끓인 육개장선 김이 모락모락 피어올랐다. 모든 게 단정했지만 장례식장은 맞춤형이 아닐까 싶을 정도로 덥고 답답한 특유의 온도가 존재했다. 그 때문인지 슬픔을 속에 담아둔 심리적인 요인 때문인지는 알 수 없었으나 힘이 쭉 빠지고 기운이 없는 상태가 지속되었다. 그렇게 바쁘게 일상을 살아가던 사람들이 장례식이라는 공간에서 마주하게 되었다. 인간의 죽음 앞에서는 가장 긴급한 일도, 중요한 일도, 가치 있는 일도 존재하지 않았다. 둘째 날부터 상복을 입게 되었는데 마냥 편하게 입을 옷은 아니었기에 조금 긴장이 되었다. 새까만 상복을 입고 하얀 핀을 꽂은 우리가 일렬로 서니 점점 실감이 나기 시작했다.

"우리도 밥 먹을까?"

조문객이 뜸해지고 한산하던 때에 고모가 물었다. 우습게도 장례식장이란 공간에서는 항상 허기가 졌다. 특정 음식이 먹고 싶다는 욕구나 배가 고프다는 욕구보다는 허기가 진다는 표현이 딱 맞았다. 따뜻한 밥과 뜨끈한 육개장의 국물, 보들보들한 계란찜의 감각들이 느껴지지 않았다. 채우면 채울수록 빠져나가는 것 같았다. 마냥 가라앉은 분위기는 아니었다. 아빠의 친한 동생이란 분은 분위기를 띄우려 적당한 유머를 섞어 에피소드를 끌어갔고 우리는 그에 점차 동화되었다. 나 역시도 이따끔씩 멍해지는 것만 빼면 크게 나쁘지 않은 상태였다.

"너도 좀 쉬어라."

갑자기 날아든 고모의 말에 갖가지 화려하게 차려진 찬에는 손도 대지 않고 국만 떠먹던 아빠가 고개를 들었다.

"엄마가 선물을 준 거잖아. 너 쉬라고."

모친상으로 고모와 아빠는 각각 5일씩 쉬게 되었다. 요즘 여유가 없던 두 분이었기에 문제가 될 대화는 아니었지만 그 순간 어쩐지 한기가 들었다.

아침 10시 10분 전, 예고대로 입관실에 들어섰다. 할아버지의 장례식에선 어린 나를 배려해서인지 입관실에는 들어가지 못하게 했었다. 아마, 이 경험이 나의 생각을 조금 바꾸어 놓았던 것 같다. 입관실에서는 마지막으로 할머니의 모습을 볼 수 있었다. 죽음을 겪은 인간의 모습은 생전의 모습과 다르리라 예측했지만 가끔 집에서 잠든 할머니를 내려다볼 때 그 모습과 일치했다. 다른 점을 찾으라면 코에 찔러둔 휴지 조각밖에 없었다. 그러니까 할머니는 그냥 주무시고 계신 모습이었다. 입관실에 들어선 것이 이곳이 장례식장이 맞는다는 걸 깨닫게 된 최초의 순간이 아니었나 싶다. 죽음을 당연하게 받아들인다고 생각했던 어른들이 침통한 얼굴로 눈물을 흘렸다. 고모의 마지막 인사는 장례식에서 한 번도 눈물을 보이지 않았던 나를 울렸다.

"엄마, 꼭 다시 만나자."

"엄마, 잘 가."

맞다. 나에겐 할머니였지만 아빠와 고모에겐 엄마였다. 들끓을 준비를 하던 용암이 자극을 받아 그 순간 터진 것처럼 그 말이 나를 건드려 눈물을 흘렸다. 아빠의 친구분들은 고개를 숙이고 계셨던 것 같다. 할아버지의 장례식도 이랬던 걸까. 그때도 고모는 마지막 인사와 함께 눈물을 흘리며 할아버지를 보내셨던 걸까. 발인에서야 망자를 보내 주는 거라 생각했던 이전과는 달리 그 사람을 놓아주는 건 입관 때라는 걸 알게 되었다. 장례식장에서 우는 사람을 보는 건 발인 날뿐이었기에 착각했던 것이었다.

입관식에서 할머니에게 마지막 인사를 한 후 조문객을 맞이했다. 조문객이 뜸해지는 중간, 중간 나는 단상 위에 놓인 할머니의 영정을 하염없이 응시했다. 자주 입으시던 소라색 바탕의 꽃무늬가 장식된 블라우스를 입은 익숙한 모습이었다. 하지만 동시에 그런 모습은 이제 사진 속에만 남아있었다. 장례식장 내부의 온도는 높은 편이었지만 내게 와닿는 온도는 서늘했고, 단상 위에 놓인 국화꽃의 향기가 정신을 어지럽혔다. 아직도 호칭이 명료하지 않지만 아빠의 친척 동생인 고모가 조문을 왔다. 직접 뵌 것보다 얘기로 들은 게 더 많은 분이셨지만 기억에 남는 이유는 할머니에게 인사를 드리기 전부터 울고 계셨기 때문이다. 할머니의 영정 앞에서 울던 고모는 전날 밤에 할머니의 흔적을 보며 울던 나와 겹쳐 보였다. 고모는 할머니의 동생, 그러니까 할아버지의 딸이셨는데 어릴 적 부모님이 바쁘셔서 우리 할머니 집에 자주 맡겨졌다고 하셨다. 나와는 할머니의 보살핌을 받았다는 게 공통점이었다. 그것 말고도 고모와 나의 상황이 비슷해서인지 나를 많이 이해해 주셨다. 회사일이 너무 바빠서 반차를 내고 급히 오셨는데 누군가의 죽음 앞에서도 회사 일을 생각해야 하는 자신이 너무 싫다는 말을 남겨주셨다. 그제야 서서히 명료하게 보이기 시작했다. 그들은 슬픔이 결여된 상태가 아닌 슬픔을 숨겨야 하는 상태였던 것이었다.

고모가 이해해 준 대로 할머니는 나에게 엄마였다. 나는 어릴 때 할머니와 둘이 살았다. 아빠와 고모는 그때 이미 경기도에 거주하고 있었고 부산에는 할머니와 나, 둘뿐이었다. 영도의 한 병원에서 태어난 나를 보러 가장 먼저 달려와주셨다고 한다. 어린이집을 다닐 땐 매일 머리를 예쁘게 땋아주셨고, 피자를 먹고 싶다는 손녀딸에게 당시 5,000원 하던 피자를 얼른 사 와주시기도 했다. 아프다고 낑낑댈 때면 잠도 못 주무시고 나를 돌봤고 어쩌다 식사를 거를 때면 나를 달래서라도 꼭 밥을 먹게 하셨다. 할머니를 떠나 경기도에 살게 되었을 때, 그리고 가끔 찾아뵐 때에도 내가 온다는 소식에 무릎이 좋지 않으심에도 오르막길을 올라가 내가 좋아하는 음식을 사다 주셨다. 그전까지 건강하셨던 할머니가 갑자기 아프기 시작했었던 건 나와 버스 뒷자리에 앉아갈 때 사고를 당했기 때문이었다. 이것은 누가 말로 해준 것은 아니지만 그 기억이 남아있다. 어릴 적에도, 지금도 나에게 엄마가 없다는 이유도 있었겠지만 나에게 그만큼의 정성을 베풀어 준 것은 할머니뿐이었다. 할머니가 없었어도 나는 결국 어른이 되었겠지만 지금의 나에게 정서적으로 불안정함이 존재하지 않는 건 할머니가 베풀어 준 사랑 덕분이었다. 나는 고모와 아빠가 부럽다. 어떻게 할머니 같은 사람이 엄마인 복이 있을까 나는 가끔 생각한다. 그리고 안쓰럽다. 나보다 할머니와 함께한 시간이 두 배나 더 긴 그들의 슬픔이 더 클 수 있을 테니 말이다. 한편으로는 내가 아직은 경제력과 안정성을 갖춘 어른이 되지 못했기에 할머니에게 무언갈 보답할 시간이 전무했음을 느낀다. 어느 날은 이것이 자괴감으로 날 찾아오기도 한다. 장례식이 있기 한 달 전은 친척 오빠의 결혼식이었다. 그날 식이 시작되기 전 오랜만에 할머니를 뵈러 요양 병원을 찾았지만 할머니는 코로나에 걸린 상태라 만날 수 없었다. 그 이후 통화를 했는데 할머니는 그때의 밥을 전혀 먹지 못하는 상태고 나와 이야기를 나눌 때 이따금 씩 숨을 헐떡이셨다. 코로나가 나은 후에도 기침이 자꾸 난다며 오지 못하게 했지만 그 말을 못 들은 척하고 가볼 걸 그랬다. 그게 마지막인 줄 알았다면 말이다.

해가 저물고도 꽤 지난 시점의 장례식장은 다시 고요해졌다. 저녁은 나가서 먹자는 얘기가 나왔고 우리는 늦은 시간까지 영업하는 막창집으로 향했다. 고모의 단골 식당이었던 모양인지 식당 주인은 반갑게 우리를 맞이했다. 하나같이 상복을 입은 우리의 모습을 의아하게 바라보다가 고모가 건넨 짧은 말에 안타까운 표정으로 조의를 표했다. 식당 주인은 막창을 가져다주며 직접 올려주었다. 불에 올린 막창의 빛깔은 영롱했다. 서서히 막창의 기름 냄새가 공간을 퍼져나가며 식욕을 자극했다. 어느 정도 다 먹어갈 때쯤 식당 주인은 우리에게 다가와 봉투 하나를 건네주었다. 조의금이었다.

"뭘 이런 걸 줘."

난감한 기색이 역력한 고모는 난처한 웃음을 지었지만 봉투를 조심스레 접어 앞주머니에 넣었다. 들어오던 시점에는 시끌벅적하던 이 공간에 어느새 우리만 남아있었다. 나중에야 알게 되었지만 마감 시간이 한참 지난 때였지만 우리가 갈 때까지 마무리하지 않고 기다려준 것이었다.

마지막 날은 빈소를 떠나 묘지를 가는 날이었다. 바로 옆에 있는 추모 공간 대신 시외의 추모 공간에 가기로 했다. 추모 공간으로 데려다주는 버스는 조명 하나 켜져 있지 않아서 낮인데도 불구하고 어둡고 음울했다. 전날 폭설의 여파인지 가는 길에는 드넓게 펼쳐진 산의 설경이 이어졌다. 추모 공간에 도착해서 내린 후, 버스에서 나오는 할머니의 온전한 육신은 그 순간이 마지막이었다. 그 자리의 모두가 고개를 숙이고 할머니를 보내주었다.

잠시 추모 공간의 카페에서 커피를 마셨다. 정면만을 응시하다 잠시 고개를 돌렸는데 통창을 통해 바라보는 세상의 모습은 환했다. 개개인의 비보를 헤아리지 못하는 자연은 청명한 하늘과 은은한 구름, 알알이 부서지는 햇빛까지 내보일 수 있는 아름다움을 모두 쏟아내고 있었다. 나무에 소복하게 쌓인 눈이 햇빛을 받아 눈이 시릴 만큼 빛이 났다.

유족이 대기하는 공간의 모니터에는 화장이 진행되는 시간이 표시되어 있었다. 화장이 끝나고 유골함을 받아들 때 고모는 입관할 때만큼이나 많은 눈물을 흘렸다. 나는 그 순간에 흘리지 못한 눈물을 장례식의 모든 절차가 끝나고 일주일이 지난 시점, 아무런 맥락도 없이 반찬 뚜껑을 닫을 때서야 흘려보냈다.

상실다반사

차준영

    2년 만에 진선을 다시 마주한 건 고요한 버스 터미널 안이었다. 사람이 없는 이른 아침 시간에 출발하기로 한 건 잘한 결정이었다. 가게들은 불이 꺼져 있거나 이제 막 한두 개의 조명을 켜고 영업 준비를 하고 있었다. 그 사이에서 유독 환한 광고 전광판에 붉은 단풍산이 있고, 그 위로 '모든 짐을 던지고 떠나자'라는 글귀가 적혀있었다. 그 앞에 진선이 서 있었다. 많은 사람이 오가는 시간이었다면 진선이 한눈에 들어오지 않았을 터였다. 성민이 옆으로 다가가 손가락 끝으로 어깨를 툭 치자 진선이 고개를 돌렸다.

    지난주 일요일 저녁, 함께 가지 않겠냐고 문자를 보내자 진선은 연차를 내보겠다고 간결한 답을 했다. '잘 지내?'라고 시작하는 뻔한 전 연인의 문자로 보이고 싶지 않아 성민은 장문의 설명을 곁들었다. 답을 받지 못한 2년 전 메시지가 있었기에 기대하고 보낸 문자는 아니었다. 성민은 주고받은 진선과의 문자를 마침표 하나까지 다시 꼼꼼하게 읽어보느라 지난밤 느지막이 잠이 들었다.

어깨까지 오는 짙은 갈색 머리와 눈썹까지 내린 앞머리는 2년 전 사진 속 진선과 같았다. 안경테가 뿔테로 바뀐 것 같지만, 성민은 2년 전 헤어질 당시 진선의 모습을 사진 없이 확신할 수 없었다. 인파 속에서 성민을 먼저 발견하거나 성민의 변화를 알아차리는 건 언제나 진선이었다. 어색한 침묵이 이어지다 성민이 먼저 말을 꺼냈다.

"몰라보겠다."

"늦었네."

무뚝뚝한 말투에 성민은 다급히 핸드폰을 들여다봤다. 버스 시간이 다가오고 있었다.

"시간이 벌써 이렇게 됐네? 가자."

진선은 모바일 승차권을 확인하고 6번 탑승장을 향해 앞장섰다. 성민은 꽤 묵직해 보이는 진선의 백팩을 바라봤다. 2년 전 여름, 이 터미널에서 버스를 탈 때 진선은 거금을 들여 구입했다는 작은 명품 크로스백을 어깨에 메고 왔다. 옷이며 세면도구 같은 것들은 중저가 옷 브랜드 쇼핑백에 담아 한 손에 들었다. 그때와 달리 백팩을 단단하게 올린 진선의 어깨를 보며 성민은 '진선의 키가 원래 이렇게 컸던가?'라고 생각했다.

창가 자리에 앉아 진선은 다리 사이에 백팩을 끼고서 성민에게 물었다.

"연락은 드렸어?"

"응. 점심 전에 도착한다고 문자 보냈어."

"동네 치킨집도 아니고 절도 문을 닫는구나."

"그러게. 연락받고 나도 좀 놀랐어."

소법 스님한테 연락이 온 건 대표가 영업팀에 다녀간 직후였다. 대기업 면접만 여러 차례 떨어진 이후 어렵게 들어간 대형 입시학원이었다. 매주 월요일 아침에는 대표 훈화 시간이 있는데, 그날은 유독 길었다. 쓸데없는 데 시간 쓰고 돈 쓰는 공교육 때문에 우리 같은 사람들이 교육 사업을 해야 하는 거라며 훈화는 시작됐다. 왕년에 강의하던 습관대로 회의실 칠판에 '교육'이라 쓰고 그 위에 동그라미를 세 번 그렸다. 수능이 다가오니 스타 강사들에게 집중해서 특강 수강생을 더 늘리라고 압박하며, 돈 안 되는 강사들까지 거둬주는 것은 힘든 일이라는 생색도 잊지 않았다. 문득 신입 중에 경영학과는 손을 들어보라며 대표가 주위를 돌아봤다. 가슴 높이로 소심하게 손을 들고 몸을 반쯤 일으킨 성민을 노려보며 공교육 때문에 젊은이들이 이렇게 똘똘하지가 못하다고 대표는 화를 냈다. 책에서 배운 대로만 하지 말고 톡톡 튀는, 돈 되는 마케팅 전략을 세우라고 성민을 향해 말했다. 어정쩡하게 서 있는 성민 앞으로 팀장과 대표가 나갔고, 성민은 출근 한 달 만에 회사를 때려 치고 싶은 충동을 느꼈다.

그때 스님한테 문자가 왔던 것이다. 지난 설에 안부 문자를 나눈

이후 9개월 만이었다.

'절이 곧 문을 닫습니다. 차 한잔하시죠.'

버스가 곡선을 그리며 차고지를 나서자, 진선은 다리 사이 가방을 뒤적여 에어팟을 꺼냈다. 손으로 에어팟을 들어 보이고는 귀에 꽂고 눈을 감았다. 감은 눈 위로 얇은 눈꺼풀이 파르르 떨렸다.

성민은 그제야 진선의 얼굴을 똑바로 바라보았다. 보는 것에서 그치지 않고 만지고 문지르고 비비던 얼굴이었다. 헤어진 이후 성민은 진선의 얼굴이 머릿속에 그려지지 않는 것이 가장 어이없고 슬펐다. 군대에 가 있었던 시기를 제외하고는 4년 동안 거의 매일 봐오던 얼굴이었다. 기억이 필요한 순간에 성민은 클라우드 사진첩을 열었다. 한 장만으로 충족되지 않아 끊임없이 스크롤을 내리다 보면 한 시간이 훌쩍 지나 있었다. 그만 보겠다고 결심하고 핸드폰을 끄면 진선의 얼굴이 또 떠오르지 않았다. 헤어짐의 충격으로 진선에 대한 기억을 담당하는 뇌의 어떤 부분에 문제가 생긴 건 아닐까 생각하기도 했다. 그러다 문득 말랑하고 따뜻했던 진선의 얼굴 촉감이 떠올랐다. 진선에 대한 시각 이외에 어떤 감각들은 여전히 생생했다.

대학교 첫 해 진선을 만났던 여름의 냄새도 그러했다. 성민은 같은 대학교로 진학한 십년지기 친구를 따라 연합 봉사 동아리에 가입했다. 봉사 동아리지만 경영인들과 전문직들이 주로 활동하는 단체라 친목 쌓는 데 도움이 된다는 게 그 친구의 설명이었다. 대학에 진학해서 만나는 동기들은 꽤 잘 나가는 삶을 살고 있어서 외제 차를 몰고 끼니마다 고급 레스토랑이나 클럽에서 화려한 대학 생활을 즐기고 있었다. 그들과 시간을 보낼수록 성민은 중국집에서 자장면과 빼갈 한 잔을 함께 할 수 있는 십년지기가 더 간절했다. 그래서 시작한 동아리 활동이었다. 첫 여름방학 동아리 활동으로 지역아동센터와 연계하여 진행한 캠프에서 진선을 만났다. 식사 준비조가 된 둘은 함께 소시지 야채 볶음을 만들었다. 진선은 서툰 칼질로 양파와 파프리카를 썰고, 성민은 다듬어진 채소를 받아 소시지와 함께 대형 솥에서 볶았다. 습하고 더운 열기 때문에 땀이 범벅이 된 채로 조리실 밖 난간에 걸터앉아 잠시 쉬고 있을 때, 밖에선 비가 내렸다. 물에 젖은 흙과 풀 냄새 사이로 된장국 냄새가 희미하게 퍼지고, 바람이 불어올 때마다 누군가의 옅은 땀 냄새가 났다. 어디선가 커피 한잔을 하고 싶다는 말이 들리자, 진선이 벌떡 일어나 스테인리스 볼에 믹스 커피를 타서 얼음을 동동 띄워 가지고 왔다. 컵에 한 국자씩 퍼주고서 진선도 시원하게 커피를 들이켰다. 진선이 준 커피의 단맛이 목구멍에서 발끝까지 시원하게 돌았다. 누군가 '이거 말고 아메리카노'라고 말했을 때 성민은 진선의 표정을 살폈다. 성민이 보란 듯이 잔을 내밀어 한 잔 더 달라고 말하자, 진선이 웃었다. 그 캠프에서 시작되어 4년의 고단했던 젊음을 진선과 함께 했고 매 순간이 그 믹스 커피 같았다.

진선이 어깨를 살짝 움직여 버스 창문 쪽으로 몸을 돌렸다. 성민은 죄지은 사람처럼 서둘러 정면으로 시선을 돌렸다. 성민은 자신이 진선과 보낸 4년이 마치 실감 나는 소설에서 읽은 어느 주인공의 일처럼 느껴졌다.

"잠시 뒤 정안 알밤 휴게소에서 15분간 정차합니다."

성민이 눈을 떠보니 진선이 가방에서 지갑을 꺼내고 있었다.

"뭐 좀 먹을래? 난 아침을 안 먹고 와서."

성민도 겉옷을 챙겨 버스에서 내렸다. 11월 말이라 날이 서늘한데도 버스 안은 답답했다. 버스에서 내려 공기를 들이마시니 숨이 편안하게 쉬어졌다. 같이 내렸으나 화장실에 다녀오겠단 말을 하는 것도, 하지 않는 것도 어색했다. 성민은 잠시 고민하다 손가락으로 화장실을 가리켰다. 진선도 고개를 끄덕이고 반대편 화장실로 향했다. 화장실에서 나왔을 때 주위를 돌아보며 진선을 찾았으나 보이지 않았다. 차로 바로 돌아가는 것과 진선을 기다리는 것 사이에서 무엇이 덜 어색한지 또다시 고민했다. 여자 화장실 입구 정면에서 잘 보이는 호두과자 가게 앞에 멍하니 서 있는 성민에게 진선이 다가왔다.

"요즘은 휴게소에서도 피낭시에를 파네."

호두과자 옆에는 손가락 두 마디 크기의 직사각형 빵이 격자 철판 위에 가지런히 놓여 있었다. 조명 아래에서 갈색 표면의 윤기가 반지르르 빛이 났고, 그 아래에 '4천 원'이라는 가격표가 붙어 있었다.

2년 전 늦여름에 그들은 피낭시에를 먹었다. 비타민 먹는 셈 치고 햇볕을 좀 쐬자며 성민은 공원 한 바퀴를 돌자고 했다. 실은 점심으로 먹은 샤부샤부가 생각보다 비싼 것이 마음에 걸려 카페에 가고 싶지 않았다. 들어오는 편의점 아르바이트 급여는 똑같은데 최근 밥 먹고 카페 갈 때마다 나가는 비용은 점점 커지는 느낌이었다. 진선은 그런 성민을 2층 높이의 하얀 주택 건물로 이끌었다. 사람들이 북적이는 진열장을 보니 십여 종류의 작고 네모난 빵들이 각을 맞춰 나열되어 있었다. '피낭시에가 뭐야?'라고 묻자, 진선이 '프랑스 고급 디저트.'라고 말했다. 진선은 '고오급'이라고 한 번 더 강조했다. 기본 피낭시에 2개, 시그니처 피낭시에 4개를 고르고, 커피 두 잔을 주문하니 가격이 2만 9천 원이었다. 진선이 내민 카드로 점원이 계산하는 동안, 진선은 뒤에 선 성민을 돌아보고 방긋 웃어 보였다. 그러곤 접시에 놓인 한입 크기의 피낭시에를 사진으로 남긴 후 하나를 집어 성민에게 건넸다. 이것이 돈 좀 있는 자산가들이 금괴 모양을 따서 만든 디저트란 걸 아느냐고 진선이 물었다. 피낭시에를 한 입 베어 물고는 자신은 이런 세계에 발 딛고서서 살고 싶다고 말해서, 도대체 그런 세계가 뭐냐고 성민이 짜증스럽게 물었다. 그리고 그즈음 반복되던 싸움을 그날도 했다. 거의 매일 대화 끝에는 말다툼이 있었지만, 성민은 헤어지고 싶지 않았다. 그래서 고민 끝에 선택한 것이 교수가 수업에서 흘리듯 말했던 템플 스테이였다. 묵언 수행을 하고 명상을 하다보면 마음속에 모든 '화'가 사라진다고 했다. 성민은 자신들의 싸움이 진선의 마음에 쌓여있는 불만 때문이라고 여겼고, 그래서 진선에게 함께 가자고 제안했다. 진선은 선뜻 나서서 인터넷에서 템플 스테이를 검색했고, 가고 싶은 절을 찾았던 것이다.

진선은 커피와 호두과자 하나를 사서 버스로 향하며 성민에게 종이봉투를 내밀었다. 성민은 호두과자 하나를 집어 입에 넣고 오물거리며 그날 먹은 고급스러운 버터 향의 피낭시에 맛을 생각했다. 생각해 보니 피낭시에를 먹었던 그날은 진선이 계약직으로 국제구호단체에 취업이 됐다고 축하하는 자리였다. 성민은 진선이 아직도 그 회사에 다니고 있는지 궁금해졌다.

평일이라 그런지 막힘없이 달린 버스는 예정 시간에 정확하게 도착했다. 온통 푸르렀던 2년 전 도시는 오래된 종이처럼 변해 있었다. 바뀐 계절 탓에 길거리에 떨어진 바삭한 낙엽이 삭막한 분위기를 더했다. 터미널에는 현수막이 걸려 있었다.

'지역민 다 죽는다. 정부는 대책 마련하여 공장 살려내라.'

그러고 보니 2년 전에 왔을 때도 한낮의 도시는 길거리에 사람 하나 없이 조용했다. 텅 빈 도시가 저녁 6시가 되자 어딘가에서 사람들이 쏟아져 나와 갑자기 활기를 띠었다. 성민이 이를 보고 놀라자, 이 도시에 사는 사람들 대부분이 공장 노동자들이라고 진선이 말했다. 성민은 도시의 고요함 때문에 공장에서 바쁘게 돌아가고 있을 기계가 연상되지 않았다.

"다 돈 때문이야."

진선이 단호하게 말했다.

"무슨 소리야?"

"제조업이 불황이라잖아. 타격이 컸던 게 이 도시였나 보더라고. 그래서 절도 문을 닫는 거야. 시주할 사람이 없는데 절이 어떻게 버티겠어. 사람 사는 데 돈 없이 되는 게 어디 있다고."

성민은 반박했다.

"절이 공장이랑 같으냐?"

"다를 게 뭐야. 사람 사는 게 다 똑같지."

'돈 때문이야.'라는 말을 들었던 2년 전 그 순간이 성민은 떠올랐다. 템플 스테이를 하는 5일간 그들은 싸우지 않았다. 그 해 템플 스테이에는 50명 정도의 사람들이 참여했는데 젊은 사람들이 유독 적었다고 한다. 잠도 여자, 남자 숙소에서 따로 자고 명상 자리도 떨어져 있었기 때문에 진선과 얼굴을 거의 마주치지 않았다. 묵언 수행 때문에 잠깐씩 주어지는 휴식 시간에도 몰래 안부만 슬쩍 물을 뿐 대화가 없었다. 새벽 4시에 일어나 저녁 9시에 잠들기까지 대부분의 시간을 명상으로 보냈다. 시간이 많은 김에 생각을 좀 하자 싶어 진선을 생각하다가, 취업 준비를 생각하다가, 이번 달 월세를 생각했다. 생각을 해봐도 답이 없는 것들이 머릿속을 맴돌다 꾸벅 졸았고, 그러면 어김없이 스님이 내리치는 죽비 소리가 쩍하고 났다. 시간이 지날수록 어떤 생각도 귀찮아져서 아무 생각도 하지 않은 채로 시간이 흘러갔다. 이제 진선과도 싸우지 않을 수 있을 것만 같았다. 하지만 옷을 갈아입고 절을 한 번 더 돌아보자고 말한 것이 문제였다. 진선은 몸이 안 좋다고 택시를 불러 나가자고 했고, 성민은 한 바퀴 돌면 마을버스 오는데 조금만 참아보지 않겠냐고 물었다. 그들의 언성이 점차 높아질 때 소법 스님이 다가왔다.

"이 좋은 목소리를 안 들려주고 갈 뻔했네요."

농담할 기분이 아니었던 성민이 짧게 인사하고 진선에게 시선을 돌리는데 스님이 차 한잔하고 갈 시간이 되냐며 그들을 잡았다. 마지못해 따라나선 그들 앞에서 스님은 수다스럽게 자신의 이야기를 늘어놓았다. '내가 생각보다 젊다. 사찰의 새바람이다. 경제 전공한 스님이 흔한 게 아니다.'와 같은 지극히 사적인 이야기를 무표정한 그들 앞에서 늘어놓았다. 성민에게 전공을 묻기에 성민은 경영이라고 답했고 스님은 큰 관심을 보였다.

"아, 경영이요? 얼마 전에 제가요. 종교도 경영을 배워야 하는 시대다, 돈 관리도 전문가에게 맡겨야 한다, 같은 말을 했다가 공부를 더 하고 오라며 큰스님께 혼이 났지 뭡니까."

차를 손바닥 위에 올려두었던 진선이 탁 소리를 내며 찻잔을 내려놓았다.

"절은 속세에서 좀 벗어나 있어야 위로가 되는 것 아닌가."

진선은 혼잣말 같은 말을 내뱉고는 방바닥을 바라봤다. 스님 핸드폰의 맑은 실로폰 소리가 짧은 침묵을 깼다. 통화를 마친 스님이 성민에게 최신 핸드폰을 내밀었다. 인연이 닿았으니 경영에 대한 대화나 후에 나누자고 해서 성민이 자신의 번호를 입력했다. 자리에서 일어서는 둘을 향해 스님이 맥락 없는 말을 했다.

"바람이 세게 불면 견디는 것보다 갈대처럼 바람에 몸을 맡기는 게 도움이 되기도 합니다. 조심히 돌아가세요."

합장하며 스님과 마지막 인사를 하고 돌아서자, 진선이 앞장서 걸었다. 성민은 몸은 좀 괜찮으냐고 물어보려다 '독특한 스님이네.'라고 가볍게 말했다. 진선은 아주 느리게 앞만 보며 걸었고, 팔다리를 힘없이 휘적거렸다. 중저가 브랜드 옷 쇼핑백이 힘없이 흔들렸다. 몸이 많이 안 좋은가 싶어 진선의 쇼핑백을 향해 팔을 내밀 때 진선이 우뚝 멈춰 섰다. 진선은 한숨을 몰아쉬고 '도저히 더는 못 하겠어. 그만하자.'라는 말을 뱉었다. 그동안 수많은 싸움을 하면서도 끝을 이야기해 본 적은 한 번도 없었다. 왜 그러냐고 성민이 묻자 한참 만에 '결국 돈 때문이지 뭐.'라는 답이 돌아왔다. 진선은 택시를 불렀고 둘은 각자 서울로 돌아왔다.

성민은 몇 주를 집 안에 박혀 아무도 만나지 않았다. 템플 스테이를 하면서 명상을 충분히 했다고 생각했는데 마음은 그 어느 때보다 시끄러웠다. 절에 앉아 명상을 하면 잠이 그렇게 쏟아졌는데 이상하게 잠도 안 왔다. 진선에게 돈보다 마음이 중요한 것 아니냐고 문자를 보냈으나 답이 없었다. 돈은 핑계고 다른 이유가 있는 건 아닐까 생각하다가 싸웠던 모든 이유가 돈과 연관되어 있다는 것을 깨달았다. 돈 들어가는 곳이 천지라 만나는 횟수를 좀 줄이자고 한 것이 원인이었을까, 남들처럼 비싸고 좋은 데이트 맘껏 못한 것이 문제였을까, 성민은 '돈 때문'이라는 진선의 말에 반박하기 힘들었다. 그럼에도 믹스 커피 한 잔에 시원하게 웃고 떠들며 함께 보내온 4년이 있었는데, 그것들조차 다 거짓처럼 느껴져 진선에게 화가 났다. 진선에게 너무 긴 명상의 시간이 주어진 게 문제였을까 생각했고, 그때 택시를 그냥 탔다면 무언가 달라졌을까 생각했다. 갈대처럼 흔들리라는 쓸데없는 소리를 들으러 스님을 따라가지 않았다면 어땠을까도 생각했다. 답답한 마음에 성민은 스님에게 전화를 걸어 비참하고 억울하다며 소리쳐 울었다. 돈 때문에 세상 사는 게 거지 같다는 걸 산에서 명상이나 하는 스님이 뭘 알겠냐고 다그쳐 묻기도 했다. 스님은 그저 묵묵히 들었다.

마을버스에서 내리면 바로 보이는 일주문을 지나 숲길을 걸었다. 템플 스테이를 할 때 함께 휴식을 취하던 징검다리를 건너 천왕문을 지나면, 여름내 붉게 꽃 피웠을 배롱나무가 보였다. 그 밑에서 꽃잎을 비질할 때 보았던 여름 색은 사라졌으나 절은 변함없이 자리를 지키고 있었다. 대웅전 뒤편 돌계단을 올라 산신각 방향으로 걸었다. 마을버스에서부터 말 한마디가 없던 성민에게 진선이 먼저 말을 걸었다.

"스님과는 계속 연락했던 거야?"

"어? 응. 작년엔가 스님이 서울 올라오셨다고 해서 얼굴 한번 보고, 안부 문자 종종 주고받았어."

"신기한 인연이네."

그때 진선에 대한 감정들을 스님한테 다 쏟아냈었다고 성민은 말할 수 없었다. 자신의 삶에 직접적으로 맞닿아 있지 않았기에 성민은 스님에게 많은 걸 쏟아냈다. 묵묵히 들어줬다는 사실이 고마워 스님이 서울에 올라왔을 때 무엇이 먹고 싶냐 물었고, 스님은 더블 치즈 크러스트 콤비네이션 피자를 먹고 싶다고 말했다. 스님도 그런 걸 먹느냐고 물었는데 가끔이지만 좋아한다고 했다. 서울에 올라왔을 때 스님은 취업 준비에 대해 물었고, SNS 사용 방법에 대해 물었고, 진선에 대해서는 묻지 않았다. 꽤 가까워진 사이가 된 듯도 했지만, 얼굴을 마주하자 함부로 대해서는 안 되는 누군가를 너무 편하게 대했다는 후회가 들었다.

"넌? 왜 절에 같이 오겠다고 했어?"

"마지막을 제대로 보고 싶어서. 지나고 나서 알았어. 이 절에서 말없이 보낸 그 시간이 좋았더라고."

"그게 다야?"

진선은 화제를 돌려 자신의 근황에 관해 성민에게 이야기했다. 그때 취업했던 국제구호단체에서 계약직 기간이 올해 여름에 끝나서 다른 기관에 계약직으로 들어간 게 얼마 되지 않았다고 했다. 사람 돕겠다고 들어간 곳에서 자신은 후원을 요청하고 후원금을 정리하는 일들을 해서 먹고살고 있다고 했다. 누군가의 열악하고 비참한 삶을 알려야 그들을 돕기 위한 돈을 모을 수 있다고 말하며 짧은 한숨을 내쉬었다.

"사는 게 참 웃겨. 돈이면 안 되는 게 없는 쉬운 세상인데, 돈 버는 게 세상에서 제일 힘들어. 돈만 남고 다 사라질 것 같은 세상이야."

백팩이 진선의 어깨를 짓누르는 것처럼 진선은 잠시 무릎에 손을 얹고 서서 가쁜 숨을 몰아쉬었다.

산신각을 지나쳐 돌계단을 한참 더 오른 곳에 소박한 암자가 있었다. 스님이 말해준 대로 '수행 중'이라는 표지판을 걷어 올리고 안으로 들어갔다. 고무신이 가지런히 놓인 문 앞에서 성민은 문자를 보냈다. 안에서 '땡'하는 소리가 들리더니 소법 스님이 문을 경쾌하게 열고 나왔다. 스님은 큰 미소를 지으며 둘을 맞이했다. 성민은 조심스럽게 '잘 지내셨느냐?' 안부를 물었다. 배고파서 죽을 뻔했다는 스님의 다급함에 이끌려 짐을 내려두고 급히 공양간으로 향했다. 공양간에서 밥을 먹는 동안 모두는 침묵했다.

방으로 자리를 옮겨 스님이 익숙한 향의 차를 내놓았을 때 진선이 먼저 말을 꺼냈다.

"스님은 어디로 가세요?"

"큰스님을 모시고 중국에 잠시 다녀올 것 같습니다."

"그 뒤는요?"

"그 뒤는 글쎄요. 어딘가 갈 곳이야 있겠죠."

진선은 무언가 말을 하려다 멈췄고, 성민이 조심스럽게 물었다.

"절은 왜 사라지는 건가요?"

'문을 닫는다.'는 표현이 어색하다고 생각하면서 성민이 떠올린 단어는 '소멸, 폐업'과 같은 것이었다. 그보다 낫다고 여겨 선택한 것이 '사라진다.'였는데, '폼페이가 사라졌다.' '투발루가 사라진다.'는 가능하지만 '절이 사라진다.'가 적절한지 자신이 없어서 성민은 말끝을 흐렸다.

"절이 지나치게 한산해서 일어난 일이죠."

스님의 목소리는 무겁게 잠긴 듯했으나, 다시 쾌활하게 말을 이었다.

"인연의 끝은 반드시 있기 마련입니다. 하지만 또다시 이어지는 게 인연이니까요."

스님의 얼굴을 빤히 바라보던 진선이 마시던 찻잔을 달그락 내려놓고 말했다.

"제가 사정을 잘은 모르지만, 그 인연이요. 끝나는 이유가 돈 때문이라고 생각하면 그래도 좀 덜 아파요. 마음이나 믿음 때문이라고 생각하면 더 아프더라고요."

스님은 진선이 깨달음을 얻은 자처럼 말한다고 웃었고, 성민은 진선의 말이 묘하게 아팠다. 스님은 천년고찰이 이렇게나 힘든 건지 몰랐다고, 요즘 속세에서는 그런 걸 '존버한다'고 말한다며 너스레를 떨었다. 머리가 복잡한데 이 상황에서 가볍게 농담하는 스님에게 성민은 짜증이 났다.

"여기는 절 아닙니까. 절을 지키기 위해서 뭐라도 해야 하는 것 아닌가요. 요즘은 연예인들이 템플 스테이 하러 오면 유명해진다면서요. 아니면 절밥을 SNS에 좀 올려보던지. 아니, 그런 것 없어도 지켜내야 하는 게 절이죠. 끝이라고 말하기 전에 뭐라도 했어야죠. 포기하지 말았어야죠."

그 말을 하는 동안 성민은 자신의 얼굴을 똑바로 바라보는 진선의 시선을 느꼈다. 귀 끝이 빨개지는 걸 느끼면서도 성민은 하고 싶은 말을 끝까지 마쳤다. 자신이 뱉은 것이 자신에게 하는 말이라는 걸 성민은 놀란 스님의 눈을 보고서야 깨달았다.

"이러려고 내가 불렀나 봅니다. 누군가는 화를 내줬으면 해서."

스님은 고맙다고 말했다. 누구도 웃지 않았고 묵념하듯 셋은 누런 장판 바닥만 바라보았다.

차담을 나누고 진선과 성민은 암자에서 나와 대웅전으로 향했다. 템플 스테이를 하던 그때처럼 방석을 깔고 절을 올렸다. 성민은 지갑에서 5만 원 한 장을 꺼내 시주함에 넣고 잠시 서서 불상을 바라보았다. 종무소 앞에는 현수막이 걸려 있었고 사찰 살리기 운동에 동참해달라고 한 불자가 서명지를 내밀었다. 성민이 서명지를 받아 들자, 진선이 먼저 다가와 펜을 들어 자신의 이름을 적었다. 그러고선 진선은 지장전 앞 평상에 앉아 절의 모습을 천천히 둘러 보기 시작했다. 성민은 그런 진선을 바라보다 자리에서 일어섰다. 자판기를 찾아 믹스 커피 두 잔을 뽑아 온 성민이 진선에게 종이 컵을 내밀었다. 진선이 커피를 받아 '후' 불고 한 모금 삼키더니 성 민을 보며 웃었다. 그러고는 '여전히 달다'라고 말했다.

기쁨의 환호

평화

으슥한 골목 어귀에서 언덕길을 조금 더 올라가야 보이는 달동네에는 다 쓰러져가는 색이 진한 주황색 지붕 집이 있다. 전문가의 손길은커녕 머리를 제때 자르지 못한 채 덥수룩한 짙은 갈색 머리를 가진 14살 소년. 다른 친구들보다 밥도 잘 못 먹어 덩치는 작지만 키만큼은 이상하리 만치 큰 이 소년은 매일 밤 큰 고함과 폭력에 못 이겨 집 밖을 나선다. 재개발로 인해 아무도 다니지 않는 동네 작은 놀이터는 소년의 아지트나 다름없었다. 그곳은 소년의 공부방이 되기도 하고 정글이 되기도 했으며 숨을 쉬게 해주는 집이 되기도 했다. 여느 때와 다름없이 소년은 집안에서의 전쟁을 뒤로 한 채 놀이터로 향하는 길이었다. 가로등 하나 없이 어두운 길에서 소년은 어둠에 익숙한 듯 목적지를 향해 계속 걸어갔다. 인기척이라곤 들린 적 없던 그 길에서 부스럭거리는 소리에 소년의 등골이 오싹했다.

"누구야!"

소년은 큰 소리로 외치며 주위를 둘러봤다. 하지만 주변엔 개미 한 마리도 보이지 않았다. 자신이 잘못 들은 건가 싶어 다시 발길을 돌리려고 할 때 다시 부스럭거리는 소리가 풀숲 쪽에서 들려왔다. 소년은 겁에 질려 도망가고 싶었지만 돌아갈 곳이 없었기에 무서움을 꾹 참고 풀숲 쪽으로 다가갔다. 풀숲 안쪽에는 소년의 또래처럼 보이는 어린 소녀가 눈물을 머금으며 몸을 웅크리고 있었다.

"여기서 뭐 하는 거야?"

"......."

"여기 위험한 곳인데 왜 여기 있어?"

"나... 길을 잃었어...."

"여기는 어떻게 왔는데? 너 부모님은?"

"모르겠어... 원래 학교 끝나고 엄마가 온다 해서 기다리고 있었는데 엄마 친구가 대신 왔다고 따라갔다가 잠이 들었는데 저기 가방에 들어있었어."

소녀가 가리킨 쪽을 바라보니 어린애 한 명이 들어갈 크기에 가방이 열려 있었다.

"가방에 있었으면서 어떻게 나온 거야?"

"지퍼가 조금 열려 있었는데 한 손을 빼니깐 열려서 열고 나온 건데...."

"가방에 사람을 넣은 거면 그 엄마 친구라는 사람이 너 납치한 거네."

"납치? 그게 뭐야?"

"너 바보냐? 납치도 몰라? 모르는 사람이 너 위험에 빠뜨린 거잖아."

"아 그게 납치구나."

"진짜 바보네. 어떻게 납치도 모르고 모르는 사람을 바로 따라갈 수가 있지."

"기쁨이 바보 아니야!"

"기쁨이?"

"응, 기쁨이. 기쁨이 바보 아니야. 사과해."

"네 이름이 기쁨이야?"

"엄마 아빠의 기쁨이라고 지어준 이름이야. 송 기쁨, 내 이름!"

"그래 기쁨. 너 부모님 번호는 알아?"

소년의 물음에 기쁨은 고개를 도리도리 저으며 커다란 눈에서 눈물을 뽑아낼 것 같았다.

"야야야 울지 마. 울라고 한 소리가 아닌데 왜 울려는 거야."

"기쁨이 엄마 아빠 보고 싶어. 흐아앙."

"아니 저 기쁨아 잠깐만... 우선 여기서 이러지 말고 우선 내 아지트로 가자."

"아지트? 왜 여기 있으면 안 되는데?"

"바보야, 여기 있다간 아까 그 엄마 친구라는 사기꾼이 와서 또 납치하면 어떡해. 그러니깐 얼른 몸을 숨겨야지."

"맞아! 몸을 숨겨야 해! 아지트 가자!"

기쁨은 자신이 얼마나 위험한 상황이었는지 모르듯이 해맑게 소년의 손을 잡고 놀이터로 향했다. 불빛 한 점 없는 놀이터에 도착한 그들은 미끄럼틀로 향했다. 미끄럼틀 사이에 숨겨진 터널 같은 공간은 소년이 제일 좋아하는 공간이었다. 그곳에 있으면 바람도 비도 맞지 않게 추위를 막아주었고 건전지형 모형 촛불 하나를 켜고 있으면 소년의 방보다 더 아늑한 공간처럼 느낄 수 있었다.

"자 여기야. 우선 이쪽으로 들어가."

"우와, 우리 집 다락방 같아!"

"원래 여기 아무도 초대 안 해주는데 넌 예외로 오늘만 초대해 준 거야."

"고마워! 여기가 너 아지트구나!"

"내 아지트는 맞는데 내가 왜 너야? 너 나보다 어린 거 아니야?"

"너도 기쁨이한테 너라고 했잖아. 그래서 나도 너라고 한 건데?"

"난 14살인데 넌 그래봤자 8살로밖에 안 보이거든?"

"웅... 맞아 기쁨이 마음 초등학교 1학년 3반 17번이야."

"그래 1학년이면 8살 맞네. 내가 오빠니깐 오빠라고 불러, 너라고 하면 혼난다."

"알겠어. 근데 오빠는 학교 어디 다녀?"

"... 안 다녀."

"학교를 왜 안 다녀? 사람들 다 다니는데?"

"그럴만한 이유가 있어. 쓸데없는 거 물어보지 말고 추우니깐 얼른 안에 들어가 있어."

"알겠어, 오빠도 옆에 앉아!"

소년과 기쁨은 촛불 모형 빛에 의지한 채 숨죽이고 있었다. 시간이 얼마나 흘렀을까. 한참을 기쁨의 수다를 들어주고 있을 때 멀리서 어떤 남자와 여자 목소리가 소란스럽게 들려왔다.

"어! 오빠! 저기 누구 왔나 봐!"

"바보야! 쉿! 조용히 해!"

소년은 급하게 기쁨의 입을 막았다. 좁은 틈새로 보이는 바깥에선 중년의 남자와 여자가 이리저리 둘러보며 무언갈 찾는 듯했다.

"아이씨, 안 보이는데?"

"어린애가 어딜 갔겠어. 가도 이 근방일 게 분명해."

"누가 발견해서 데리고 간 거 아니야?"

"야 씨, 재수 없는 소리 하지 마!"

"자긴 몰라도 걔 내 얼굴 봤다고! 애 엄마가 경찰에 말하기라도 하면 어떡해!"

"어린애가 어른 얼굴을 어떻게 자세히 기억이나 하겠어. 그리고 아직 집에 못 갔을지 몰라. 다시 찾아봐."

"알겠어...."

소년은 여자와 남자의 대화를 조용히 듣고 있었다.

'저 사람들이 납치범이네.'

"오빠... 아직도 조용히 해야 해...?"

기쁨은 소년의 귀에 들릴 듯 말 듯 하게 물었다. 그런 기쁨을 소년은 물끄러미 바라보며 생각했다. 이 어린애가 무슨 잘못을 했다고 그 작은 가방 안에 넣어 납치를 했을까, 소년의 사고로는 전혀 이해되지 않았다. 그리고 기쁨에게 들었던 단란한 가정의 화목한 집 이야기를 들으니 더욱 저 사람들을 이해할 수 없었다. 자신에게 지옥 같은 집이 기쁨에게는 안식처와 다름없으니 말이다.

"쉿, 아직 말하면 안 돼"

  기쁨은 입을 막고 고개를 끄덕였다. 분주하던 남녀의 인기척이 사라지자 소년은 밖을 다시 한번 확인했다. 그들이 들고 있던 핸드폰 불빛이 없는걸 보니 아마 다른 쪽으로 간듯싶다.

"기쁨아 이리 나와."

"나쁜 사람들 갔어?"

"응, 갔으니깐 어서 나와."

"그럼 이제 기쁨이 집으로 갈 수 있는 거야?"

"부모님 핸드폰 번호 모른다고 했지? 집은 어딘지 알아?"

"응! 기쁨이가 좋아하는 놀이동산 앞에 있는 아파트!"

  기쁨의 말을 들은 소년은 잠시 생각했다. 학교 다닐 때 가끔 들어본 적이 있다. 반 친구 하나가 그 아파트로 이사 가게 되어 엄청 자랑하고 자신을 놀렸기 때문에 기억이 난다. 놀이동산 앞에 있는 아파트라면 엄청 비싼 동네라는 건데 어쩌다 이 달동네까지 온 건지... 우선 여기서 기쁨의 집으로 가려면 적어도 한 시간은 걸어야 할 텐데 이 밤에 갈 수 있는지부터가 걱정이었다. 버스를 타려고 해도 둘을 낼 돈도 없고 한참을 고민하고 있는데 기쁨이 말을 걸었다.

"근데 오빠, 오빠는 이름이 뭐야?"

"나? 이 환호."

"환호? 이름 멋있다! 무슨 뜻이야? 기쁨이는 우리 엄마 아빠 기쁨이라 기쁨이라고 지어줬는데 오빠도 이름 뜻이 있어?"

"멋있긴... 이름 뜻 없는 사람도 있냐. 기뻐할 환, 보호할 호. 세상을 기쁘게 보호할 수 있는 사람이 되라는 뜻이다."

환호의 말의 기쁨의 눈망울이 초롱초롱하게 빛나고 있었다.

"뭐야, 뭐야 너무 멋있어! 세상을 기쁘게 보호하는 사람! 근데 오빠 이름 뜻 기쁨이를 보호하라는 뜻도 있는 것 같은데!"

"내가 네 보드가드냐. 언제 봤다고 내가 널 보호하냐."

"봐봐, 지금도 무서운 아저씨 아줌마 있었는데 오빠가 나 보호해 줬잖아! 이게 보호해 주는 게 아니고 뭐야!"

순진무구한 얼굴로 웃으며 바라보는 기쁨의 얼굴을 보니 또 틀린 말은 아니라고 생각하는 환호였다.

"자, 여기 보면 정류장 이름 보이지?"

"응! 여기 기쁨이네 아파트!"

"그래, 근데 지금 우리가 있는 곳은 여기야."

"헉, 나 이렇게나 멀리 온 거야?"

"그래... 아마 여기가 재개발 구역이라 인적이 드물어서 납치 장소로 정한 걸 수 있어."

"그러면 오빠가 기쁨이 집 갈 때까지 보호해 줄 거지?"

기쁨의 물음에 환호는 선뜻 대답할 수 없었다. 하지만 어린 여자 아이 혼자 이 어두운 동네를 빠져나가는 것부터가 힘들 텐데 무시할 수도 없고 이러지도 저러지도 못하는 상태였다. 골똘히 고민하던 환호는 기쁨의 손을 잡고 언덕길을 내려갔다.

　"오빠, 오빠!"

　"왜."

　"오빠는 집이 어디야?"

　"그건 왜 물어봐."

　"오빠 집 없으면 우리 집에서 같이 살면 안 돼?"

　"그게 무슨 말도 안 되는 소리야."

　"왜! 난 오빠가 내 오빠였으면 좋겠어."

　"너 오빠 있다며, 근데 왜 내가 너 오빠를 해주냐."

　"우리 오빠 하늘나라 갔는데... 그래서 기쁨이 보러 못 온다고 했어."

　"아...."

　"그러니깐 오빠가 내 오빠 해주면 안 돼?"

　"그래! 내가 기쁨이 오빠다! 하면 오빠가 되겠냐."

　"내가 엄마 아빠한테 말 잘할 테니깐 기쁨이가 당근도 먹고 일찍 자면 엄마 아빠도 기쁨이 말 들어줄 거야!"

　"네네 기쁨 동생님, 우선 집부터 가셔야 오빠가 되든 동생이 되든 하지 않겠어요? 어? 위험해! 앞에 보고 똑바로 걸어야지 넘어져."

　"히ー 기쁨이를 보호하는 오빠가 있는데 뭐가 위험해!"

환호는 해맑은 기쁨을 보면서 집에서 느낄 수 없었던 따뜻함을 느꼈다. 매일 술 마시고 폭행하는 아버지와 어릴 적 자신을 두고 집을 나간 엄마를 떠올리며 절대 느낄 수 없었던 감정. 가슴 깊숙이 퍼지는 그런 따뜻함을 자신의 눈앞에 있는 어린 여자애가 알려주는 것만 같았다.

 순간 울컥해진 마음에 눈물이 날 것 같아 얼른 고개를 돌려 눈물을 훔쳤다.

 정신없이 언덕길을 내려가면서 시내 쪽에 다다랐을 즘 뒤쪽에서 수상한 시선이 느껴졌다. 아마 납치범들이겠지... 사람들이 많이 지나다니는 길이 코앞인데 여기서 잡힐 수 없다 생각한 환호였다.

 "기쁨아, 목소리 크게 낼 수 있어?"

 "응! 기쁨이 웅변대회에서 상도 받은 적 있어!"

 "그래, 그러면 오빠가 하나, 둘, 셋 하면 살려주세요! 하면서 저기 사람들 많은 쪽으로 뛰어야 해! 우선 오빠가 손잡고 뛸 테니깐 넘어지지 말고 알겠지?"

 "알겠어! 근데 지금 우리 되게 멋진 어른 같아!"

 "잔말 말고, 자 하나, 둘, 셋! 지금이야!"

 "살-려-주-세-요-!!!"

 기쁨과 환호는 크게 소리치며 시내 쪽을 향해 뛰었다. 이에 놀란 납치범들은 토끼 눈으로 급히 쫓아왔지만 웅성거리는 사람들 때문에 발길을 돌릴 수밖에 없었다. 그들이 안 보일 때까지 숨을 고르지도 못한 채 전력 질주한 기쁨과 환호는 사람들 사이에 섞여 그제야 안도의 한숨을 내쉬었다. 헉헉거리는 서로를 바라보자니 괜스레 웃음이 났다.

"헉헉 오빠 이제 그 사람들 안 따라와?"

"헉... 응응, 이제 슬슬 걸어가면 될 것 같은데 괜찮아?"

"응! 너무 재밌었어! 잡혔으면 큰일 날뻔했다!"

"근데 그 사람들은 대체 왜 널 납치한 걸까?"

"음... 그냥 나쁜 사람들이니깐 그런 거겠지! 아니면 기쁨이가 예뻐서 데리고 가려 한 거 아니야?!"

"풋, 그건 아닌 것 같고... 혹시 너 데리고 간 아줌마가 처음에 너한테 아무 소리도 안 했어?"

"음... 아! 맞다 그 아줌마가 우리 아파트 이름 대면서 거기 맞냐고 물어봤어! 그래서 난 엄마 친구인 줄 알았으니깐 아줌마도 놀러오라고 막 그랬는데...."

"그게 정답이네. 안 그래도 요즘 뉴스에 그 부근 유괴, 납치 사건이 종종 발생한다고 뉴스도 나오는 것 같던데. 송 기쁨, 너 조심해야 해. 솔직히 지금도 오빠가 누군 줄 알고 따라간다는 소리 나하고."

"기쁨이 바보 아니야. 오빠는 기쁨이 보호해 주려고만 했으니깐 괜찮다고 생각한 거야."

"그러니깐요, 꼬마 아가씨 혼자서 이렇게 밤길 돌아다니면 돼, 안돼?"

"안돼! 근데 오빠도 어른 아니면서 왜 기쁨이한테만 뭐라 해! 오빠 미워!"

"알겠어, 알겠어. 삐치지 말고... 근데 나야 걱정해 주는 사람 한 명도 없는데 뭐...."

"오빠는 기쁨이가 걱정해 주잖아! 기쁨이가 걱정해 주는 걸로 부족한 거야?"

그 말을 들은 환호는 이전에 느낀 감정의 폭풍이 한 번 더 몰아쳤다. 학교 다닐 때도 엄마가 없다는 이유로 담임 선생님은 환호를 신경도 쓰지 않았었다. 누군가의 관심, 사랑을 느낄 수 없는 사람이라 생각하며 그렇게 견뎌왔다. 사람들의 시선 따위 신경 쓰지 않으려 노력했고 흠집을 내면 아팠기에 마음을 비우면 살았다. 14살이 살기엔 이 세상은 너무 팍팍했기에.

버스 노선도를 보며 한참을 걷던 둘은 잠시 버스정류장에 앉아 숨을 돌렸다. 초등학생 1학년이 가기엔 좀 버거운 거리라 이렇게라도 쉬지 않으면 아마 기쁨은 지쳐 쓰러질지도 모른다. 늦은 시간임에도 움직이는 차들은 많았다. 차도를 바라보면서 환호는 뭔지 모를 해방감을 느끼며 냉소적인 미소를 띠었지만 이를 알아차린 이는 없었다. 조용한 정적을 깬 건 기쁨이었다.

"환호 오빠! 우리 집 가면 밥 먹고 자고 가야 해?!"

"내가 거기서 왜 밥을 먹고 자고 가."

"우리 집 요리해 주는 이모 계란말이 진짜 맛있어!"

"계란말이?"

"응응, 기쁨이 원래 채소 잘 안 먹는데 이모가 해준 계란말이는 먹을 수 있어!"

"너 편식 엄청 심하구나?"

"아니야! 채소가 기쁨이를 싫어하는 거야. 기쁨이 잘못 아니야!"

"근데 계란말이가 계란말이지 뭐가 맛있다고."

"나도 몰라! 근데 맛있어! 이모네 아기도 채소 잘 안 먹었는데 그렇게 해주니깐 잘 먹었다고 한 걸?"

"그건 누구나 다 그렇지 않나, 나도 어릴 땐 그랬다."

"오빠도 채소 싫어했어? 기쁨이랑 똑같이?"

"채소를 잘 못 삼켜서 우리 엄마가 야채 갈아서 계란말이에 넣어 줬거든. 그때부터 뭐 그냥 먹게 됐지."

"환호 오빠도 편식쟁이!"

"너보다 더 어릴 때거든? 지금은 다 잘 먹어."

"치 몰라, 몰라! 아무튼 오빠 우리 집 가서 밥 먹구 자고 가는 거다? 얼른 기쁨이랑 약속해!"

"우선 집부터 가죠, 꼬맹아."

"히히- 알겠어! 다시 출발!"

기쁨의 집으로 가는 길은 스피커를 틀어놓은 듯 소란스러웠다. 경적 소리 울리는 차들, 술에 취해 큰 소리로 떠드는 어른들, 길가에 나오는 큰 음악소리, 거기다 기쁨이의 끝없는 TMI까지.

가는 길이 힘들지도 않은지 기쁨은 쉴 새 없이 자신의 이야기를 계속했다. 도대체 저 작은 체구에서 에너지가 어디서 나오는 걸까? 조금 보태서 말하면 귀에서 피가 나올 것 같은 환호였지만 또 그 소리가 싫지만은 않았다. 이렇게 마음 편하게 누군가의 소리를 받

아주는 게 얼마 만인지 기쁨에게는 그만 얘기하라며 핀잔을 주고
있지만 내심 좋아하는 중이었다.

그렇게 불빛이 하나 둘 꺼져갈 즈음 둘의 눈앞에 커다란 타워가
보였다. 고개를 들어도 끝까지 볼 수 없을 정도로 큰 타워 크기에
압도당할 뻔해 새삼 기쁨이 얼마나 부잣집 딸인가 실감케 했다.

"오빠 여기 기쁨이 집 이쪽이야! 저기 안쪽으로 돌면 돼!"

"난 그냥 너 앞에 데려다주고 갈 테니깐 혼자 올라가."

"왜! 싫어! 가서 밥 먹고 가자! 기쁨이 너무 배고픈데 혼자 밥
먹기 싫단 말이야."

기쁨의 투정에도 환호는 곧 부딪힐 어른들의 물음에 어떻게 답
변을 해야 할지 고민만 가득했다. 납치를 당했다는 걸 말해야 할지
아님 길을 잃어서 데리고 왔다고 해야 할지 어떤 방법이든 기쁨의
부모를 불안하게 만드는 것 같아 불안하기만 했다.

그러나 환호의 고민은 무색하게 기쁨의 집 앞까지 다다랐을 때
경찰차와 북적대는 사람들은 마주하게 되었다.

"엄마!"

"기쁨아!"

"흐아앙 엄마 보고 싶었어! 기쁨이 너무 무서웠어!"

"너 어디 있다가 이제 온 거야! 엄마가 얼마나 걱정했는지 알
아?"

"나 엄마 친구가 데려다준다고 따라갔다가 잠들었는데 무서운 놀
이터에서 눈을 떴는데 저기 오빠가 나 구해줘서 집까지 데려다줬

어!"

기쁨은 단아한 기품이 넘치는 여성에게 안긴 채 환호를 가리켰다. 주춤거리는 환호에게 사람들의 시선이 쏟아졌다. 부잣집 동네 초등학생이 연락 두절이었으니 경찰의 초동 대처라든지, 주민들의 관심이라든지 조금 심각한 분위기를 연출하고 있었다.

"학생, 고마워. 어떻게 이 은혜를 갚지? 우리 기쁨이 잘못됐으면 진짜 아줌마는 상상도 할 수 없을 정도로 무너졌을 거야. 학생도 어린데 진짜 너무 고생했다. 진심으로 고마워, 정말."

"괜찮습니다. 기쁨이도 다치지 않고, 수상한 사람들도 잘 따돌리기도 했고, 무사히 집에 돌아왔으니 다행입니다."

"어린 학생이 굉장히 어른스럽네. 그래도 말로만 고맙다고 하기 뭐 한데... 배는 안 고파? 아줌마가 밥 차려 줄 테니깐 먹고 들어가. 아니면 부모님한테 말해서 자고 가도 되고. 밤도 늦었으니깐."

"아... 괜찮습..."

"환호 오빠! 얼른 와! 나 배고파!!!"

"어휴 기쁨이가 오빠를 잘 따르네. 저렇게 부르는데 밥이라도 먹고 가자. 맛있는 거 많아."

"아... 네...."

환호는 기쁨을 따라 엘리베이터에 몸을 실었다. 기쁨은 지치지도 않는지 까르르 웃음소리로 앞장선 채 환호의 손을 꽉 쥐고 놓아주지 않았다. 마치 도망가는 사람을 붙잡아 둔 것처럼 아주 세게.

"아줌마가 너무 정신없어서 제대로 정리는 못했는데... 어서 들어와.”

“네, 실례합니다....”

기쁨의 집은 환호의 집과는 달리 궁전 같았다. 이런 집에서 언제 살아볼 수나 있을까 싶을 정도로 거실이 환호의 집보다도 넓었다. 달그락거리는 소리에 돌아보니 주방에선 중년의 여성이 음식을 차리고 있었다.

‘저분이 요리해 주신다는 분인가. 역시 부잣집은 다르네.’

자신이 직접 차려 먹는 밥이 아니라는 사실 또한 환호를 주눅 들게 하는 순간이었다.

“오빠! 밥 먹고 기쁨이랑 놀자!”

“송 기쁨. 우선 손부터 씻고 와야지.”

“알겠어요! 오빠 화장실 같이 가자!”

“어... 어....”

기쁨의 엄마는 기쁨과 환호에게 화장실로 안내해 주고 주방으로 들어가 음식을 차리는 분과 함께 테이블을 점점 채웠다.

화장실에서 나온 환호는 테이블에 차려진 음식에 입을 다물 수 없었다. 평소에 먹지 못하는 고기반찬들부터 따뜻한 국과 온갖 산해진미를 차려놓은 다양한 메뉴에 눈이 바빴다. 눈에 담은 맛있는 음식들 탓에 계속 느끼지 못한 배고픔이 몰려왔다. 의자에 앉아 뭐부터 먹을까 고민하던 환호의 눈에는 익숙한 메뉴가 눈에 보였다. 다양한 색감을 띤 계란말이. 환호의 엄마가 해주던 계란말이와 비슷한 색의 계란말이를 처음으로 집었다.

"오빠! 이게 내가 말했던 계란말이! 맛있지?"

"계란말이 좋아하니? 이거 우리 이모님이 제일 잘하시는 건데 어떻게 알고 처음으로 집었네. 이모님 여기 계란말이 좀 더 주세요."

"예, 사모님."

"어? 오빠 운다! 오빠 왜 울어!"

"어머, 무슨 일이야! 괜찮니? 왜 울어? 이모님 티슈 좀 주세요."

"아이고, 학생이 무슨 슬픈 일이 있는갑네. 울지 마유."

"아... 죄송합니다... 눈물이 왜 나지... 아니... 저 계란말이가 참 맛있네요... 어릴 적 엄마가 해주시던 맛이 생각나서... 죄송합니다... 죄송합니다...."

"아니 그게 왜 죄송한 일이야. 추억의 맛이면 눈물 나올 수도 있지. 안 그래요, 이모님? 우리 이모님처럼 계란말이 하는 사람이 또 있나 봐요. 흔한 레시피가 아닐 텐데."

"그러게유. 저도 저희 어머니가 해주신 거 따라 하는 건데 또 아는 사람이 있을 거란 생각지도 못했는데 신기 하구 만유."

"환호 학생 괜찮아요? 진정됐어요?"

"네... 괜찮아졌어요...."

"오빠, 계란말이 맛없어? 울 정도로 맛이 없는 거야?"

"아니야... 너무... 너무... 맛있어서... 그래서 눈물난 거야...."

"아유 학생이 우니깐 나도 우리 아들내미 생각나고 찡하네."

"아 맞네! 우리 이모님 아들도 환호 학생이랑 비슷한 나이 또래죠?"

"예 맞아유... 남편이랑 헤어지면서 떨어졌는데 그때만 생각하면 그냥 못 살아도 내가 데리고 나올걸... 그랬으면 사랑이라도 듬뿍 주면서 키웠을 텐데... 그놈의 돈이 무슨 원수인지... 애 데리고 다니기엔 겁이 나더라구유... 아이고 지가 주책맞게 별소리를 다... 식사들 하셔유...!"

"이모님한테 그런 사정이 있는지는 몰랐네요... 어? 환호 학생 왜 그래!"

"아주머니, 혹시 성함이 어떻게 되세요?"

"나? 내 이름은 장 덕순인데 왜 그려 학생."

"장... 덕순...?"

"와 그러는겨 내 이름이 왜 궁금혀?"

"혹시 도봉동에 사는 이진상 씨 아세요?"

"그 이름을 어째...! 설마... 아닐 거유... 그럴 리 없당께... 분명히 해외로 갔다고 들었는데...."

환호의 입에서 나온 이름 세 글자에 덕순은 얼굴이 달아오를 정도로 당황했다. 기쁨 엄마와 기쁨은 알 수 없는 긴장감에 아무 말도 꺼내지 못한 채 그들을 지켜보기만 했다.

"왜 그러셨어요? 그렇게 어린 날 두고 왜 도망갔냐고요...!"

"환호 맞나...? 진짜 환호가?"

"대답해 보세요. 왜 날 두고 갔어요? 왜 그 거지 같은 사람 옆에 날 두고 갔냐고요...!"

"환호야... 환호야... 엄마가 미안타... 아니... 엄마가 죄인이다... 나는 네가 한국에 있는지도 몰랐다... 그 사람이 너 잘 키워서 미국에 보냈다 해서 만나지도 못하게 하고 잘 살고 있는데 내가 찾아가면 혼란스러울까 싶어 안 찾고 있었던 거다... 내 처음에 너 두고 온 거 후회해서 다시 찾아가 아 좀 달라고 했는데 그 사람이 네가 없다고... 잘 사는 애 흔들지 말라면서 막았다... 환호야... 환호야... 엄마가 너무 미안타....”

“흐으윽... 내가 그 사람 옆에서 얼마나 죽고 싶었는지 당신은 모를 거야....”

“아니... 이게 무슨... 이모님 아들이 환호 학생이라는 거예요...? 이게 대체 무슨 일이래....”

“오빠 엄마가 요리 이모야?? 오빠가 아까 그랬어! 엄마가 너무 보고 싶은데 볼 수 없다고 했어! 오빠 엄마 찾았으니깐 우리도 가족이네! 그치? 헤헤”

같은 자리에 있는 네 명의 반응은 너무도 다양했다. 그리움과 원망 섞인 눈물부터 미안함에 고개를 떨구지 못하는 죄스러움, 갑작스럽게 일어난 분위기에 당황스러움, 그저 해맑은 아이 웃음소리까지 같은 장소 안에 다른 감정으로 휩싸인 시간이었다. 그렇게 누구 하나 먼저 말을 꺼낼 수 없이 흐느끼는 눈물 소리만 들릴 때 기쁨이 정적을 깨웠다.

“엄마, 엄마. 그럼 이제 환호 오빠 우리 집에서 살 수 있어?”

“응? 그게 무슨 소리야?”

“요리 이모가 우리 집에서 지내니깐 환호 오빠도 지낼 수 있는 거 아니야?”

“아... 그게....”

"기쁨이 환호 오빠랑 결혼할 거야!"

"아이고 기쁨이가 우리 환호를 많이 좋아해 주니 이모도 기분이 좋네...?"

"송 기쁨! 못하는 말이 없어!"

"아이고 그래, 그래 기쁨이... 우선 지금 모든 상황이 갑작스러워서 뭔 말을 못 하겠는데유... 우선 사모님 저 환호랑 애기 좀 하고 와도 될까유?"

"그래요... 이모님 바로 퇴근하셔도 되니깐 오늘은 집 가서 주무시는 게 좋을 것 같아요."

"네... 감사합니다. 사모님... 환호야 우선 엄마랑 나가서... 나가서 애기 하구로...."

환호는 말없이 일어나 기쁨 엄마와 기쁨에게 꾸벅 인사를 한 뒤 덕순의 뒤를 따라갔다. 처음 집에 들어왔을 때와 다르게 환호의 얼굴은 눈물로 범벅 되어 엉망진창이었다. 뒷일은 솔직히 생각한 적이 없다. 그냥 우선 마음이 가는 대로 따라 나왔을 뿐....

"어디까지 가시는 거예요?"

"환호야... 그동안 잘 지냈나...?"

"그게 다 무슨 소용이에요. 잘 지냈든 말든 상관없으시잖아요."

"상관없다니... 엄마는 환호가 어떻게 지내는지 얼마나 궁금했는데...."

"걱정한다는 사람이 그렇게 끔찍한 사람 옆에 날 두고 도망가요?"

"그런 게 아니다... 그래... 네가 그렇다면 그런 거겠지만... 환호 네가 그런 환경이었다면 엄마는 너 그렇게 두고 안 갔을 기다... 네 아빠가 너 어릴 적까진 교육에 되게 엄격했었고 나보다 배운 것이 많으니깐 더 잘 가르칠 거란 생각에 두고 간거였제... 그게 아니었다면 다시 데리고 왔을 기다...."

"그런 거 다 핑계인 거 알죠? 내가 엄마를 얼마나 그리워했는데...."

환호는 원망 섞인 목소리로 덕순에게 말을 했다. 주변 소음조차 허용되지 않는 까만 밤은 그들 위에 불을 밝힌 가로등만이 지키고 있을 뿐이었다. 오랜만에 만난 모자의 대화는 길지 않았다. 궁금한 건 많으나 쉽게 물어볼 수 없고, 어색한 공기만 에워싼 그런 밤처럼.

환호와 덕순이 나간 기쁨의 집에선 상황 파악을 하는 중이었다.

"이모님 아들이 우리 기쁨이 구해 준 학생이라니... 어떻게 이런 인연이...."

"엄마! 환호 오빠 또 언제 와?"

"기쁨아 환호 오빠가 그렇게 좋아?"

"응! 기쁨이 환호 오빠 너무 좋아! 오빠는 기쁨이 보디가드야!"

"우리 기쁨이 보디가드 뜻도 알아?"

"알아! 오빠 이름 뜻이 기쁨이를 보호하라는 뜻이랬어!"

"우리 철딱서니 공주님, 오늘 얼마나 큰일 난 건지 알고서 이런 소리를 하시는 걸까요?"

"오빠랑 기쁨이랑 악당들 피해서 집에 잘 도착했으니깐 괜찮아!"

"그래그래 우리 공주님, 이제 얼른 씻고 자야죠?"

"환호 오빠랑 더 놀고 싶었는데... 오빠 내일은 오는 거지?"

"요리 이모랑 잘 얘기되면 올 수 있겠지?"

"요리 이모도 엄마니깐 오빠 말 다 들어주는 사람이네? 그럼 내일 오겠다! 오빠가 나랑 매일 놀아준다 했어!"

"어이구, 우선 양치부터 하자 공주님."

−Rrrrrr

"네, 이모님 잘 들어가셨어요?"

[저 사모님... 혹시 환호만 오늘 댁에서 자도 될까요?]

"아 그럼요, 상관은 없죠. 이모님은 안 오시게요?"

[예... 아무래도 지 집은 너무 좁아서 아랑 둘이 자기엔 무리라 내일부터 둘이 살 집 알아보려고유....]

"잘 생각하셨어요! 환호 학생 올려보내시면 잘 챙길 테니 내일 오세요."

[감사 하구 만유... 얘기는 잘 했고 너무 늦어서 그 집에도 못 보내겠고... 이렇게 염치 불고하고 부탁드려유....]

"괜찮아요, 마침 기쁨이도 환호 학생 계속 찾고 있었는데 잘 됐죠."

[그럼 내일 아침 일찍 갈게유 사모님, 좋은 꿈 꾸세유....]

"네 이모님 내일 봬요."

기쁨 엄마와 덕순의 통화가 끝나자마자 초인종 소리가 들려왔다. 인터폰으로 비춘 환호의 모습은 어른스러웠던 아까와는 다른 앳된 중학생 소년의 모습만 보였다. 기쁨은 초인종 소리에 거침없이 방에서 달려 나와 환호를 반겼다.

"오빠! 다시 기쁨이네서 사는 거야?"

"아니... 그게 아니고...."

"환호 학생 잘 왔어요. 우선 씻고 와요. 누울 방 안내해 줄게요."

"엄마, 기쁨이 오빠랑 잘래!"

"송 기쁨, 착한 어린이는 혼자서도 잘 잔다고 했지."

"아 싫어!!!! 오빠랑 잘 거야!!! 오빠 씻고 얼른 나와! 기쁨이랑 놀자!"

"애 좀 봐... 아이고... 환호 학생 얼른 씻고 나와요."

"네... 신경 써주셔서 감사합니다."

씻고 나온 환호를 맞이한 건 또 기쁨이었다. 동화책 한 권을 소중히 품에 안은 채 환호의 손을 잡고 자신의 방으로 안내했다. 얼마나 사랑을 받았는지 방 안에는 기쁨이가 좋아하는 핑크색의 침구류와 소품이 한가득했다. 자신보다 큰 침대 옆자리를 팡팡 치며 옆에 앉으라는 작은 꼬마 숙녀의 박력은 환호의 긴장을 내려놓게 했다. 그렇게 둘은 자리를 잡은 채 환호는 기쁨이가 좋아하는 동화책을 들었다.

[기쁨의 환호]

"기쁨의 환호...?"

"기쁨이가 제일 좋아하는 책이야! 기쁨이 이름 들어갔는데 마지막에도 주인공이 행복하게 끝나는 이야기라 더 좋아해!"

"그러게... 행복한 책에 내 이름이 들어가 있으니깐 신기해서 오빠도 좋네."

"그치? 오빠도 좋지? 엄마가 주인공이 기뻐서 소리를 내는 걸 기쁨의 환호라고 했어. 그러니깐 오빠랑 내가 기뻐서 소리를 내면 우린 기쁨의 환호가 되는 거지!"

"결론이 그렇게 된다고...? 그래 뭐 이렇든 저렇든 행복하게 살았습니다-가 중요한 거지."

"오빠도 오늘 보고 싶다던 엄마 만났으니깐 기쁘잖아! 이게 다 우리가 같이 있으니깐 오빠도 엄마를 만날 수 있었던 거야!"

"맞네... 오늘 진짜 신기한 일을 많이 겪은 것 같아. 널 구해주기도 하고 엄마도 만나고...."

"그러니깐 기쁨이랑 결혼해! 오빤 기쁨이를 만나서 행운을 얻은 거야!"

"꼬맹이가 못 하는 소리가 없네. 얼른 동화책이나 읽어줄 테니깐 누워."

"치- 오빠 결국 기쁨이한테 빠지고 말 거야!"

기쁨이의 당돌한 고백에 환호는 마음이 따뜻해졌다. 사실 오늘은 엄청 달콤한 꿈을 꾼 것 같이 몸이 두둥실 날 것만 같은 그런 날이었다. 엄마를 찾아 함께하기로 하고 자신을 향해 고백하는 꼬마 숙녀까지 다이내믹한 일들의 연속은 정신없었지만, 그저 현실을 좀 더 즐기자— 마음먹은 환호의 속마음은 누구도 알지 못한 채 기쁨 과 환호는 둘만의 꿈나라에 빠져들었다.

일
기
장

연
호

　지영이 그 낡은 일기장을 펼쳐보게 된 건 겨울 동안 앙상했던 나무가 봄을 준비하듯 꽃잎을 하나씩 피우고 있을 무렵이었다. 지영은 매일 입던 교복을 옷장 깊숙이 넣어두고 새로 시작하게 된 대학생활에 들떠 있었다. 힘들었던 수능을 마치고 홀가분하고도 뭔가 모르게 섭섭한 느낌이 지영의 마음 안에서 맴돌고 있었지만 고3 수험생의 이름표를 떼고 새내기라는 이름표를 달게 된 것이 자신이 뭔가 진짜 어른이 된 것 같아 내심 기분이 좋았다. 지영은 자신이 입학할 대학교 오리엔테이션에 입고 갈 옷을 찾기 위해 유튜브에 '새내기 개강 룩'을 검색했다. 비슷비슷한 영상들을 넘겨보며 해답을 찾지 못해 지루했던 지영은 며칠 전 대학 입학을 자축하며 아빠에게 사달라고 졸랐던 흰 블라우스가 생각났다. 용돈으로 사라며 장난 가득한 웃음으로 손으로는 블라우스를 계산하기 위해 바지 뒷주머니에 지갑을 꺼내던 아빠에게 지영은 "고마워 아빠!" 하며 냉큼 안겼다.

　대학교 첫 등교 날 입고 갈 거라며 옷장 안에 걸어뒀던 것이 생
각난 지영은 설레는 마음으로 옷장을 열었다. 엄마와 아빠 옷 속에
서 뒤적거리며 자신의 옷을 찾은 지영의 눈에 들어온 것은 옷장
밑단에 있던 바구니에 담긴 노트 뭉치들이었다. 어릴 적 자신의 그
림일기장과 미술 시간에 그린 그림들이 담긴 파일들이었다. 블라우
스를 자신의 옷걸이에 걸어두고서 지영은 자신의 어린 시절이 문
득 궁금해졌다. 케케묵은 먼지를 털어내고 지영은 자신의 일기장이
담긴 바구니를 꺼내어 한 장 한 장 읽어보기 시작했다. 어린 시절
학교에서 숙제로 내어주던 일기가 왜 그렇게 귀찮고 싫었는지 지
영은 휘갈긴 글씨체만 봐도 어릴 적 자신이 귀찮아했음을 느낄 수
있었다. 별 내용은 없지만 가족들끼리 간 바다여행과 어릴 적 친구
와 놀이터에서 놀았다는 내용 등 기억날 듯 말 듯 한 내용들을 보
며 지영은 시간이 참 많이 흘렀다는 생각을 했다. 더 재밌는 내용
을 찾으며 노트를 뒤적거리던 중 지영의 눈에 낡은 일기장 두 권
이 들어왔다. 표지에는 절대 자신의 취향일 수가 없는 노란 바탕의
노트에는 알 수 없는 여자아이 캐릭터가 혀를 내밀며 빨간 머리띠
를 하고 있었다. 이런 노트를 자신이 갖고 있었다는 것에 의문을
품고 지영은 책장을 넘겼다.
　첫 페이지에 적힌 글만 봐도 지영은 이 일기장이 자신의 것이
아니라는 것을 알 수 있었다. 일기장에는 엄마와 아빠의 어린 모습
을 한 글씨들이 적혀 있었다.

'1998.10.21.~ing ♡'
'지은♡찬영'
'우리의 첫 번째 교환일기'

  첫 페이지의 오글거리는 단어들과 유치한 농담들이 지영의 온
털들을 곤두세웠다. 하지만 지영에게는 그런 것쯤은 아무것도 아닌
참을 수 없는 엄청난 궁금함이 우선이었다. 동네 카페에서 오랜만
에 데이트를 나간 부모님이 돌아올까 지영은 콩닥거리는 마음을
뒤로 한 채 떨리는 손으로 다음 장을 펼쳤다. 첫 문장에 날짜와 날
씨로 일기의 시작을 알린 것을 보고 지영은 나름의 일기 구색을
갖추려고 했던 자신의 부모님의 어린 시절이 귀엽게 느껴졌다. 같
은 대학교였던 찬영과 지은은 학교에서 유명한 캠퍼스 커플이었다
고 했다.
  "교환 일기를 이렇게나 많이 썼는데 유명할 수밖에⋯⋯."

  지영은 혼잣말을 내뱉으며 찬영과 지은의 젊은 날의 캠퍼스 데
이트를 상상했다. 어릴 적, 사진앨범을 뒤적거릴 때 젊은 날의 찬
영과 지은을 본 적이 있다. 자세하지는 않지만, 청치마에 하얀색
블라우스를 입은 지은과 청재킷에 베이지색 바지를 입은 찬영이
어렴풋이 떠올랐다. 아마 지영의 기억 상에 그 둘은 수줍게 웃으며
손깍지를 끼고 있었다. 지영은 그런 찬영과 지은의 모습에 자신도
모르게 풋-하고 웃음이 터져버렸다. 장난기 어린 웃음을 머금으며

지영은 다음 장을 펼쳤다.

1998년, 12월 16일(날씨: 눈 온 뒤, 발이 꽁꽁)

안녕 오빠, 곧 메리 크리스마스네! 방학 중에 특강은 정말 듣기 싫은데 그래도 오빠와 등교하는 건 좋아! 다른 과인 우리가 언제 또 이런 기분을 느껴보겠어! 역시 같은 수업 신청을 해서 정말 다행이야! 이제 곧 크리스마스라 파티를 준비해야 하는데 첫 크리스마스 파티라 너무 설렌다! 엄마, 아빠한테는 송은이랑 논다고 해야겠어. 꼭 성공해서 통금시간을 미루도록 해볼게! 나만 믿어! 정말 남자친구랑 크리스마스 파티하기 이렇게 어렵다니……. 그래도 어렵게 허락받은 만큼 더 즐겁고 재미있게 보내자! 남자친구랑 처음 보내는 크리스마스라 너무나 설레고 기대돼! 그날 루돌프 머리띠를 쓸지, 산타 모자를 쓸지 고민되기도 해. 오빠는 내가 뭘 썼으면 좋겠어? 사진도 많이 찍고 맛난 것도 많이 먹자! 그럼 내일 특강 수업에서 봐! 사랑해!

찬영과 지은이 보낸 첫 크리스마스 파티는 지영도 설레게 만들었다. 할아버지, 할머니에게 훤히 다 보이는 얼굴로 거짓말을 했을 지은의 모습에 지영은 당장이라도 할머니에게 달려가 사실은 그때의 엄마는 송은이 이모가 아닌 아빠와 크리스마스 파티를 하기 위해서였다고 말하고 싶을 정도로 입이 근질거렸다. 그러면서도 지영은 자신이 대학교에 들어가서 남자친구가 생기면 지은과 똑같이 둘러댈 수도 있다는 생각에 할머니에 가는 것은 나중으로 미뤄둬야겠다고 생각했다. 일기장에 틈틈이 꽂힌 낡은 영화표와 찬영과 지은의 빛바랜 사진들은 괜히 지영의 마음을 뒤숭숭하게 만들었다. 지금의 아빠, 엄마도 물론 잉꼬부부 저리 가라 할 정도로 사이가 좋지만, 이때의 풋풋함은 지영이 보지 못한 새로운 느낌이었다. 지영은 지금의 부모님과 그때의 부모님을 상상하며 다음 장을 넘겼다.

1998년, 11월 11일(날씨: 비)

안녕 지은아! 오늘 비가 오는구나. 나는 비가 오는 날을 썩 좋아하지 않아. 운동화도 젖고, 바지도 젖고, 우산 탓에 짐도 많아지잖아. 그런데 오늘 같은 우산을 쓰고 지은이랑 함께 걷는데 평소와는 전혀 다른 날이 나에게 되어버린 거야. 분명 비가 오고 운동화도 다 젖고 우산 때문에 짐도 많아졌는데 너랑 함께 우산을 쓰고 가는 그 길이 얼마나 즐겁던지. 우산 덕에 같이 꼭 붙어서 가는 그것조차도 우산에게 감사한 거 있지. 이제 모든 날들이 너랑 함께 해서 하루하루가 기쁘고 설레는구나. 잘 표현은 못 하지만, 매번 고맙고 너랑 함께 있어서 늘 즐거워. 앞으로 든든하고 좋은 모습만 보여주도록 노력할게. 오늘 또 만나서 너무 즐거웠고 행복했고, 비가 온 핑계로 너와 또 추억을 쌓아서 좋았어. 내일도 즐겁고 재밌게 보내자.

여간 오글거리는 게 아니었다. 자신의 아빠가 이런 말을 할 수 있는 사람이라는 생각에 오히려 지영은 찬영이 낯설게 느껴졌다.

자신의 엄마가 설마 찬영이 아닌 다른 남자와 적던 일기장을 아빠라고 착각하고 버리지 않은 건 아닌지 꽂혀져 있던 사진을 확인했지만 분명 지금의 찬영의 모습과 많이 닮아있었다. 찬영을 놀릴만한 것이 생겨 지영은 마음속 장난스러움이 스멀스멀 올라오고 있었다.

지영이 일기장을 훑으며 태어나서 보지 못한 찬영과 지은의 어린 시절을 읽으며 괜스레 자신도 새내기가 되어 이런 유치하지만 귀여운 연애를 할 수 있을까 생각했다. 그런 생각이 멈추었던 것은 찬영과 지은이 카페에서의 데이트를 마치고 도어록 비밀번호를 여는 순간이었다. 카페에서 있었던 일들을 얘기하며 지은은 자신에게 빵을 더 시키지 못하게 만든 찬영을 나무랐다.

"거기 소금 빵은 꼭 먹어줘야 하는데 말이야. 자기가 그걸 시키지 마라 해서 정말."
"어차피 다 먹지도 못하고 결국 내가 먹어야 하잖아. 뻔해."

하나씩 다 맛보고 싶지만 그에 비해 작은 위를 가진 지은을 다 안다는 듯이 찬영은 지은에게 웃으며 훤히 보이는 결말이라며 받아쳤다. 그러다 널 부러진 지영의 신발을 보며 '얘는 신발을 왜 이렇게 벗어놨담. 딸 왔어?' 하며 딸을 찾으려 눈길을 돌렸다. 지영은 장난기 가득한 얼굴로 "내가 엄청난 걸 찾아냈어!"라며 소리쳤다. 찬영은 딸이 또 무슨 대단한 걸 찾았기에 저렇게 신나있나 싶은 마음에 호기심과 심드렁함이 섞여있는 얼굴로 지영을 바라봤다.

"짜잔!"

지영이 들고 있던 두 권의 일기장에 눈을 돌린 지은과 찬영은 뭔가 낯설기도 하면서 익숙하기도 한 일기장에 한동안 저것이 자신들에게 어떤 물건인 지를 떠올렸다. 그것은 그들이 연애 초반에 쓰던 풋풋함이 가득 담긴 그들의 교환일기장이었다.

학교 선, 후배로 처음 만난 찬영과 지은은 찬영이 군대를 갔다 다시 복귀하면서 지은이 듣던 수업에 들어오면서부터였다. 서로 눈인사만 하던 터라 지은은 찬영에게 별다른 호감을 갖고 있지 않았다. 하지만 지은이 발표하던 걸 본 찬영이 '발표 잘하더라. 계속 보고 있었어.'라는 말에 찬영을 바라보는 지은의 시선이 달라진 건 그 순간이었다. 그러면서 서로에게 호감을 갖던 찬영과 지은은 캠퍼스 커플이 되었고 낭만에 가득한 지은의 성화에 못 이겨 찬영과 교환일기를 쓰게 된 것이었다. 글 솜씨가 없던 찬영에게는 엄청난 부담감이었지만 지은의 낭만에 가득 차 있는 눈동자는 찬영이 어찌할 수가 없었다. 찬영은 그것을 보며 어릴 적 자신과 지은의 풋풋한 모습이 떠올랐다. '그래 그럴 때도 있었지.' 생각하며 환하게 웃으며 그 일기장을 지영에게서 건네받았다.

"아빠, 엄청 로맨틱하더라~ 아빠는 비 오는 날을 싫어한다며? 그런데 엄마를 만나서~"

지영은 찬영을 놀리고 싶어 근질거리던 입을 열었다. 찬영의 팔

짱을 끼며 지영은 놀리듯 자신이 글에서 읽었던 오글거리고도 귀여운 찬영의 어린 시절을 다시 한번 그에게 되새김질해 주었다. 찬영은 그런 지영을 귀엽다는 듯 웃으며 지영의 이마를 톡 쳤다. 찬영에게 일기장을 건네받은 지은은 '어머, 애 이거 어디서 찾았어?' 하면서 반갑게 일기장을 열며 들여다봤다. 그런 지영은 웃으며 '할머니한테 송은이 이모랑 놀러 간다 하고 아빠 보러 가면 안 되지~'라며 지은에게도 장난스럽게 받아쳤다. 지은은 '기억 안 나~ 할머니한테는 비밀이다?'라며 부끄럽다는 듯 웃었다.

일기장을 펼치며 '이거 기억나?'하며 환하게 웃으며 자신들의 과거를 회상하는 지은과 찬영을 본 지영은 풋풋하던 한 캠퍼스 커플이 생각났다. 비 오는 날이 싫었지만 자신이 사랑하는 여자와 함께 시간을 보내며 작은 우산 속에서 꼭 붙어 설레던 어린 찬영과, 크리스마스를 그와 보내기 위해 훤히 보이는 눈망울로 쭈뼛쭈뼛 자신의 부모에게 동의를 구하던 어린 지은. 드라마의 한 장면을 보는 듯 지영은 설레고 마음이 몽글거렸다. 그들이 주고받은 대화와 한 장 한 장 채워가듯 꾹꾹 눌러 담은 서로의 일기장 속에서의 그들은 결혼을 해 아이를 낳을 것이고, 그 아이는 대학교 입학을 앞두고 그들의 일기장을 열어볼 것이다. 그리고 그들은 수많은 비 오는 날들을 같은 우산을 쓰고 걸을 것이고, 해마다의 크리스마스 파티를 함께 설레며 보낼 것이다. 물론 지은의 엄마에게는 크리스마스 거짓말이 더 이상 필요 없겠지만 말이다.

해는 지고, 밖은 어둑어둑해졌다. 언제 그랬냐는 듯 환했던 햇빛은 감춰들어 달빛만이 남았지만, 찬영과 지은의 웃음소리에 지영은 오히려 더 밝고 따뜻하게 느껴졌다. 찬영과 지은의 눈가에는 세월의 선이 그어져 있었고 입가에는 미소를 머금은 듯 주름 잡혀 있었지만 지영은 어린 시절의 풋풋한 찬영과 지은의 모습이 어렴풋 보이는 듯했다.

"뭔데~ 나도 같이 보자!"

지영은 지은과 찬영의 사이를 비집고 들어가 끼워달라는 듯 그들의 품에 파고들었다. 그들에게는 따뜻하고도 풋풋한 그 해 봄이었다.